幸福力

Happiness
Quotient

杨澜

著

浙江文艺出版社
Zhejiang Literature & Art Publishing House

果麦文化　出品

幸福力六边形

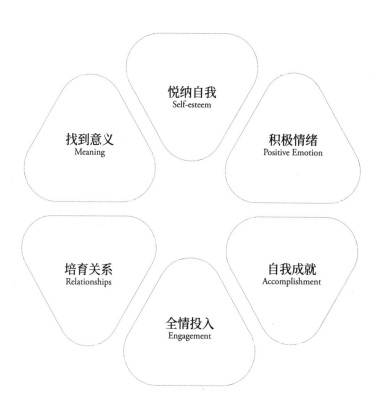

幸福力是发现、感知、创造、分享幸福的能力

目录

Chapter 1　Self-esteem
悦纳自我：探索独一无二的自己，是一辈子的事

Chapter 2　Positive Emotion

积极情绪：不必远眺，快乐就在我们身边

Chapter 3　Accomplishment

自我成就：知行合一，能谋事，也能成事

Chapter 4　Engagement

全情投入：一心一意，乐此不疲

Chapter 5　Relationships

培育关系：我们最终寻找的是爱与被爱的感受

Chapter 6　Meaning

找到意义：用相信点亮生命的火花

前言：不开心，会不会是下一个全球大流行？

你是否觉得，身边不快乐的人越来越多？看上去，这似乎不太合理。对比 30 年前，我们的收入增长了，物质丰富了，寿命延长了，为什么焦虑、抑郁的人反而变多了呢？实际上，抑郁与焦虑正在成为一种时代病，也是全球最大的健康问题之一。

世界卫生组织于 2022 年 6 月 17 日发布的《世界精神卫生报告》显示，2019 年，全球近 10 亿人患有精神障碍，3.5 亿人患有抑郁症，每年因抑郁症自杀的人数高达 100 万。有四分之一的人口在人生的某个阶段经历精神疾病的折磨，而女性是男性的两倍。根据《2022 年国民抑郁症蓝皮书》报告，中国抑郁症患者达到 9500 万人。

青少年的精神心理问题也日益突出，大约一半的心理健康问题开始于 14 岁之前。美国盖洛普（Gallup）公司推出的《盖洛普全球情绪报告》给出一个表征全球精神心理状况的"负面体验指数"（The Negative Experience Index），说明人类的精神状况在持续变差。三年新冠疫情加上经济下行，使得这一指数进一步恶化，导致全球新增 6000 万抑郁症患者，患焦虑障碍的人则更多。如果不采取行动，精神疾病的影响将比新冠疫情的影响更严重。

近年来，国内外诸多知名人士罹患抑郁症离世的新闻屡见不鲜，引发了人们对心理境遇的高度关注，和对幸福的深入思考。尤其对所谓"微笑抑郁"的讨论，更启发人们如何突破表象的观察，去探求更深层次的内在幸福。

为什么人类会出现全球性的心理危机？从某种意义上说，就是——失联。人与自然失联，人与人失联，人与内心失联。

其一，这与工业革命以来人类对大自然的破坏相关。空气污染、水污染、土壤污染、气候变化的加剧，对人的精神健康造成巨大损害。数据显示，空气污染程度与精神健康问题的出现成正比。

其二，人们的工作压力增加了。激烈的竞争，收入的分化，阶层固化，以人工智能技术为代表的自动化威胁着近一半的工作岗位，让人们对未来的预期呈现更多担忧。

其三，城市化进程让更多的人处于流动中，移民潮冲击着既有的社会结构和文化。原有的社区解体了，人与人的直接交往减少，对资源的争夺加剧，互相之间的信任度降低，对立与撕裂加深。

其四，我们的身心常处于不和谐的状态，体育运动减少，久坐不动；各种欲望和攀比，还有对外界评价的过分在意，让人心神不宁……

在当今世界物质极大丰富的同时，人们的心理状况却在变得贫瘠与脆弱。

我们说好要去追求的幸福呢？今天当我们谈论幸福，我们谈论的究竟是什么？这一人类永恒的话题，在当下有了新的维度，那就是在不确定的大环境中，个人与社会的可持续性。我们要活着，要更美好地活着；要我们的孩子活着，更美好地活着。这是一种主动的选择，也需要相应的能力，包括对幸福的觉察与认知，对幸福的追求与创造，与他人分享幸福的意愿与行动……

我把发现、感知、创造与分享幸福的能力，称为"幸福力"。2009 年年底，我和心理学家张怡筠博士以及女性谈话节目《天下女人》的核心团队，在策划年度大型活动时，第一次在媒体上正式提出幸福力的概念，到现在已经有 14 年了。这期间，我阅读了逾百本心理学专著，采访了包括积极心理学之父马丁·塞利格曼（Martin E. P. Seligman）、诺贝尔经济学奖获得者丹尼尔·卡尼曼（Daniel Kahneman）、哈佛幸福课主讲人泰勒·本 - 沙哈尔（Tal Ben-Shahar）、哲学家周国平、清华大学彭凯平、北师大张西超等几十位学者，也主持了包括达沃斯论坛和天下女人国际论坛在内的相关研讨会，还有在《杨澜读书》《发光吧，大女生》等专栏中讨论相关话题，的确有些话要说。

到底什么是幸福呢？

两千多年前，庄子与朋友惠子游于濠梁之上，看到小鱼在其间游动，庄子说："儵鱼出游从容，是鱼之乐也。"惠子说："子非鱼，安知鱼之乐？"庄子不服，反驳道："子非我，安知我不知鱼之乐？"惠子哪里肯示弱，说道："我非子，固不知子矣；子固非鱼也，子之不知鱼之乐，全矣！"庄子开始狡辩了："请循其本。子曰'汝安知鱼乐'云者，既已知吾知之而问我，我知之濠上也。"惠子讲逻辑，庄子讲诗意，聊不到一块儿去了。

这个故事让我们了解到有关幸福的最大争论，在于它的主观性。通过别人的眼睛寻找幸福是多么困难的事！

虽然每个人都声称想要得到幸福，但不幸的是，先不说每个人对幸福的定义天差地别，难以保证我们在讨论同一种东西，即使我们能确定自己想要的幸福是什么，实际情形对我们似乎也不太有利。

因为，我们并不是为了幸福而生的。

这听上去有点讽刺，但事实是，人类的大脑在进化过程中，对痛苦的敏感度比对幸福的敏感度高多了。如果没有对危险的及时察觉，我们的祖先就不可能在弱肉强食的环境中生存下来。他们需要把困难估计得充分一些。比如，在秋天辛劳地多储存些粮食，以避免漫长冬日的饥饿；或者筑起围栏，提防野兽的进攻。上天奖赏他们的方式，就是让他们生存并有机会繁衍生息。

在危机四伏的环境中，他们必须眼观六路，耳听八方。一点点风吹草动，或是空气中飘来的气味，都足以让他们警觉起来：是致命的危险，还是久违的食物，是转身离开，还是奋勇进攻，都需要他们立刻做出判断。人脑中的杏仁核保持着这种原始冲动：幸福转瞬即逝，危机感无时不在。进化心理学甚至认为，我们的大脑是自然选择设计出来奴役我们的，所谓的快乐不过是一种幻觉。

我们的大脑不仅对痛苦更加敏感，而且对于究竟什么让我们幸福，也缺乏理性的判断，甚至充满自欺欺人的谬误。曾经获得诺贝尔经济学奖的心理学家丹尼尔·卡尼曼在他的名著《思考，快与慢》（*Thinking, Fast and Slow*）中就指出，人并非自己所认为的理性动物，我们常常受到本能与直觉的驱使而做出不理性的选择。比如，人类对损失的厌恶比对收获的愿望更强烈。举个例子，用抛硬币的方式打赌，如果是背面，你会输掉 100 元，如果是正面，会赢得 150 元，你愿意参加吗？结论是，大多数人不愿意，因为对失去 100 元的厌恶比得到 150 元的愿望更强烈。在得失都可能出现的情况下，损失厌恶会让人做出极力规避风险的选择（这个系数通常在1.5—2.5之间）。

再比如，在人类的选择模式中有一种"锚定效应"，解释了我们对生活水平的满意度与比较的参数有很大关系，并不是客观的。如果邻居的日子越过越红火，哪怕我们自己的绝对收入有所增加，我们也会在攀比中羡慕嫉妒恨。贝索斯离婚给了前妻多少钱，最多是吃瓜群众的闲话，但隔壁小张又买了一辆新车，或者闺密晒出了新买的包包，可是实实在在的刺激。比吃、比穿、比车、比房子也就罢了，如今攀比之风又体现在和"别人家的孩子"的比较里。攀比，让我们永不知足。我们往往不太愿意承认自己不行，而是把失败的原因归结为别人的过错，所以也就越比越愤愤不平了。

每个人有限的经验往往还可能带来"聚焦错觉"。比如，我们总觉得幸福在远方，在别处："那些生活在热带小岛上的人一定很幸福。"我们也倾向于放大意外事件带来的痛苦，认为："那些遭遇车祸致残的人一辈子都毁了，真可怜！"但事实上，人们对幸福和痛苦的感受强烈程度，有边际效应随时间递减的规律。通常在突发事件发生六个月之后，这些外部改变带来的情绪震荡会逐渐淡化，回归到人本来已有的情绪水平。移民到热带小岛的人有可能痛苦不堪，遭遇车祸致残的人也有可能创造幸福人生。

另外，人们通常更关注"短期利益"而不是长期利益。你一定听说过延迟满足实验：给孩子一颗棉花糖，如果孩子忍住不吃，那么半小时后会得到两颗糖。很多孩子忍不住先吃了再说，而那些能克制自己的冲动，等到两颗糖的孩子，在成年后也往往表现得更有自制力，也更成功。而在追求幸福的路上，成年人常常迫不及待地吃下手中的糖，成为眼前利益的俘虏，而失去长远的规划能力。

"缺少控制"或某种无力感，也往往增加我们的焦虑。比如，我们对幸福的感知能力，并不完全依靠我们的努力，父母的遗传基因的影响是巨大的。神经科学家发现，我们大脑神经元之间的连接，也就是脑回路，是具有遗传性的。"有其父必有其子"或"母亲影响三代人"，说的不只是容貌身形，更是情绪反应的模式和行为举止。父母是乐观开朗的人，还是悲观内向的人，能够决定我们性格或情绪反应模式的50%左右。这一点上，我们没的选。

我们生活的时代也不是自己选的。第四次工业革命导致竞争加剧，焦虑和压力笼罩着几乎每个年龄段的人。我们花了青少年时期大量时间学习的知识和技能，很快就需要更新。如果说第一、第二次工业革命时期，蒸汽机和电力解放了人力，影响的还只是人类的体力劳动，那么人工智能技术的发展甚至夺走了白领劳动者的饭碗，会计、律师、记者等职位都有可能被取代。以 ChatGPT 为代表的通用型人工智能，和 Midjourney、Stable Diffusion 等图像生成软件，不仅威胁一般性的脑力劳动，而且可能比大多数创意人士更有"创意"。家长们为了让孩子将来有竞争力，不惜超前教育，揠苗助长，他们的殷切期望和考试的压力让孩子们也焦虑不堪……

还有那些我们无法预测的环境因素，如疫情、气候变化、军事冲突等，这些外在的剧烈变化增加了不安全感，甚至带来深深的恐惧。

同时，人与人之间的互动模式正在经历巨变。我们身处的社区正在重新组合中，人际关系也越发复杂。要信任别人，越来越难了。我们的祖辈生活在乡村或小镇上，左邻右舍鸡犬之声相闻，七大姑八大姨都在前后左右，吃喝拉撒，婚丧嫁娶，开祖宗求菩萨，人们一生的活动范围一般不超过十公里。三年困难时期，人们出门谋生还要拿着村里的介绍信，证明其合法性。现代社会中，无论是为了生活，还是渴望更大的发展，更多的年轻人离开乡里，去城市里接受教育并留在那里工作，成为北漂、上漂、深漂，或者漂到国外。漂泊可以很浪漫，也可以很残酷。没有了长辈的唠叨和说教，当然自由了很多，但人生地不熟的，也有受骗上当、孤独无助、叫天不应的难处。这种连根拔起，漂流不定的状态，带来很大的不安全感。

传统的家庭模式也备受挑战。不仅不能相信陌生人，就连枕边人也可能成为陌路。电影《消失的她》让人不寒而栗，找错了人甚至有性命之忧！我们的婚姻家庭状态也比过去不稳定了，大城市的离婚率为30%—40%，情感纠纷、财产纠纷等社会新闻不绝于耳。每五个孩子就有一个生活在亲生父母离异的家庭，这对少年儿童的心理影响，是不容忽视的。

我们曾经深信不疑的社会价值观正在变得更加多元。信息真假难辨，价值判断失去坐标，也增加了困惑与焦虑，很多人感到内心如浮萍般找不到依靠。

人是有共情能力的动物，即使相隔万里，我们也无法对他人的痛苦无动于衷。看到平日摩肩接踵的外滩和南京路、淮海路因上海全城静默而空无一人，很难不产生一种悲凉的感觉；看到七八十岁的老人和五六岁的孩子被带走集中隔离，引发了太多牵挂和担忧；看到一个乌克兰的父亲应征入伍，不得不把孩子托付给陌生人，一个孩子手里拿着仅有的一个玩具，一边走一边哭，还有一个老妇人在辗转七十小时后，躺在街头瑟瑟发抖，喃喃道"我真的想躺一会儿"，我们的心中是难以平静的。

说了这么多，其实就是一句话：如果你常常感到痛苦，说明你很正常。

那么，我们心心念念的幸福呢？是不是离我们越来越远？在追求幸福的我们，真的只能听天由命，等幸福来敲门吗？

20 世纪 70 年代，心理学家马丁·塞利格曼做了一个实验。他把一条狗关在笼子里，并在进出的门上安装了电击装置。每当狗试图离开时就会遭受电击，于是它不得不退回笼内。久而久之，条件反射形成，有一天即使大开笼门，这条狗也还是蜷缩在笼中，不愿尝试离开了。塞利格曼把这种现象称为"习得性无助"。但是，就像一枚硬币的两面，一面是习得性无助，另一面就是习得性的自助。正是因为我们的本能往往对痛苦更敏感，我们才更有必要学习发现、感知、创造和分享幸福的能力，这是一种克服原始冲动的训练，是对自性的唤醒。

有人也许会说，这不就是阿 Q 精神，戴玫瑰色眼镜看世界吗？哦，不，这是让我们摘下那副习惯于关注消极信息的灰色眼镜，看清这个世界的五颜六色。也有人说，这些不就是老生常谈，心灵鸡汤吗？哦，不，诸多以实验为基础的科学理论和实践，印证了人类古老的智慧，同时让我们对幸福有了新的认识。

我有三个好消息。第一，在幸福面前人人平等。拥有一张昂贵的床并不能保证你安然入眠，物质条件的限制也不能阻止你精神的丰盈，正如颜回一箪食、一瓢饮，也能不改其乐。第二，我们是有选择的。我们的大脑回路有可能被塑造成更积极的模式。脑神经学家可以证明，就像我们可以通过健身来增强肌肉、改变体形，我们的情感反应与连接的能力同样可以被训练。主观幸福感,50% 来自遗传,10% 来自环境,40% 来自选择。

第三,幸福是有方法的。提升幸福力的理论与实践被证明是有效的。虽然"你幸福吗"这个问题遭到嘲讽,但"如何才能更幸福"却引向更有价值的讨论。已经有很多人通过这些方法增强了心理韧性,获得了更多快乐。

马丁·塞利格曼认为,通过加强五个支柱——积极的情绪、成就感、全情投入、良好的关系和意义感,我们可以构建更稳定、更有韧性的幸福大厦。而我认为,除此之外,还需要一根支柱,那就是自尊,即自我认知与自我接纳,这是我们与这个世界一切关系的基础。所以这本书就分为六个篇章,分别对应这六大支柱,我权且把它称为"幸福力六边形"。每个篇章由三至四篇短文组成,不求面面俱到,只是分享一些曾经对我很有启发的观点、方法和故事,以期对你的幸福之旅有一点点帮助。

第一章

悦纳自我：

探索独一无二的自己，
是一辈子的事

Chapter 1
Self-esteem

Happiness Quotient

活着就是奇迹

　　2018 年，有一部风靡全球的动漫叫《工作细胞》，讲的是人体里的细胞们努力工作的故事。

　　我们的身体就像一个"超级工厂"，里面有几十万亿个细胞，红细胞是戴着小红帽的"快递员"，在血管里孜孜不倦地运送着氧气和二氧化碳；白细胞是冷酷的"巡逻警察"，哪里有入侵的细菌、病毒、寄生虫，会第一时间赶赴现场；血小板像是一队一队的幼儿园小朋友，穿着整齐的制服，喊着统一的口号，整齐划一地在血管里游走，当遇到伤口时，就像工地施工一样去进行止血凝血操作。每一次你毫不在意的小意外，都可能在身体里上演灾难大片：一次擦伤，留下的是世界大战级别的轰炸痕迹；一条潜伏在生鱼片里的寄生虫，对细胞们来说就相当于巨型怪兽哥斯拉；一粒微不可见的花粉钻进身体，足以造成"小行星撞击地球"般的过敏反应；如果有病毒入侵，免疫系统细胞就吹响集结号，奋力厮杀，直到产生抗体……

这部动漫的豆瓣评分是 8.9 分，有一条热门评论说："感觉不好好活着，都对不起自己身上这些细胞如此卖力地保护我啊。"还有媒体评论："当你感到颓废、沮丧、无精打采时，想想这些可爱的朋友吧，它们在我们的身体中、血管里穷尽终生，是我们活着的真正基石。"

我想，这部动漫之所以这么受欢迎，除了硬核的科普之外，更重要的是对我们发出一个提醒，提醒我们："活着"，从来不是一件理所当然的事情。我们每个人的生命，都是一个奇迹！我们每天都在使用一套世界上最精密的系统，却毫不领情，甚至毫不知情。

生命从激烈的竞争开始。一支多达 3 亿个精子的大军涌向女性的子宫，大多数在半路上就牺牲了，在少数到达目的地的精子中，也只有一两个可以真正进入卵子。从受精的一刻起，精子和卵子的核膜消失，来自父母双方的染色体开始融合，变成 46 对。紧接着，受精卵开始分裂，到了第 8 周，胎儿虽然只有约 2 厘米长，但几乎所有的内脏器官都初具雏形，连五官也依稀可见。

相信很多妈妈都和我一样，第一次在超声检查时看到胎儿的轮廓，听到他有力的心跳时，不禁流下泪水——不是因为妊娠反应的种种不适，而是为生命的神奇而感动，感受到与一种伟大的自然力量紧紧相连。这力量无边无涯，亘古长存。我感受到胎儿的细微变化，也察觉到自己的点滴改变，更有与孩子之间的息息相通。生产时，我选择的是顺产，那几小时的疼痛与期待同样刻骨铭心。生命用最戏剧化的方式宣告降临。当助产士把孩子托到我面前的时候，我不禁轻轻地握了握他的小手，对他说："嘿，那个在半夜把我蹬醒的小家伙，就是你吧！我们终于见面啦！"当有一天与婴儿四目相对，他奶声奶气地叫了一声"妈妈"时，我的心融化了。这一切无法仅仅用本能来形容。它神奇美丽，令人敬畏。

同样令人敬畏的，是生命的复杂与精妙。如果一个人活到 75 岁，他的心脏就已经跳动了 25 亿次。人的大脑更是神奇，它有约 1000 亿的神经元，每个神经元可以长出数千个突触，它们之间产生天文数字的联结，通过化学和电流的交换，接受、整合、传导和输出，不间断地传递和处理信息，形成我们的感知、思考与记忆。

人类经过进化，原始大脑的表层逐渐出现一层构造，就是大脑皮质层。在大脑皮质里，有一个控制高等功能的部位，称作新皮质。这正是区分人和野兽的关键。大脑分成左右两个半球。每一个脑半球，又分为四部分：前端的额叶，后面的枕叶，中间的顶叶，还有侧面下方的颞叶。这些构造的总和就是所谓的联合中枢，决定了我们分析、诠释、协调所有感官经验的能力。右半脑负责感知和控制左半身的动作，左半脑负责语言和解释，并控制右半身的动作。两者之间有神经束相连。(一些左右半脑的交流遇到障碍的人，会发现自己的两个半身拒绝相互配合的情况，左手拿起了电话，右手却拒绝去接过来放在耳边。)大脑的前部和后部也有不同分工。与我们的本能和记忆相关的杏仁核和海马体在大脑后部，负责认知和情绪控制的前额叶在前部。遇到突发情况时，比如，见到一条毒蛇，杏仁核的反应速度比前额叶更快！它发出"反抗还是逃跑"的警报信号，下丘脑立刻分泌出肾上腺素、皮质醇和去甲肾上腺素等代表压力的激素，于是心跳加快，手心出汗，大脑飞速运转，并把这一系列的体验输入海马体中储存备用。下次即使你遇到的仅仅是一根草绳，也可能触发这一系列反应，并感受恐惧与痛苦。

那么大脑是如何感知幸福的呢？

1848 年的一个秋日，一个叫作菲尼亚斯·盖奇（Phineas P. Gage）的铁路领班，遭遇了一次意外的爆炸，一根约 1 米长的铁杆从他的左颊向上插入前额骨，在处理伤口时，还带出来一点脑组织。幸好，他活了下来，甚至视力、语言能力和智商似乎都没有受到影响。周围的人注意到他还是有一点改变的，那就是他变得性急且粗俗无礼，并同时失去了对未来的计划能力。后来，脑科学家们研究发现，他的受损的脑前额叶部分，正是负责两类工作：对外部世界的认知和对未来进行规划。认知和计划能力是人类智能的核心，而恰恰是它们，有时会阻碍我们感受到更多幸福。

幸福不在于我们看见了什么，而在于我们如何解释它。联想能力，是上天赐给人类最伟大的礼物之一，但这份礼物并不完美。我们对未来的想象，往往来自对过往经验的记忆，那些最糟糕的记忆往往留存最久，像梦魇般纠缠我们；我们对未来的想象，也常常基于选择性的记忆和对事实一厢情愿的解读，比如，"如果我更温顺，就不会遭受家暴了……"。大脑还有一个特点，就是你越是想压抑某种念头，它就扎得越深。比如，你闭上眼睛，想象一头粉色的大象，然后命令自己忘记这个图像。没有人能做到！你越想忘却，那个粉色大象的形象就越强烈。

随着人类对大脑的认知不断增加，我们也欣喜地发现，大脑是可以改变的。就像撸铁能塑造肌肉，我们的大脑也是可以被塑造的。积极体验的记忆与联想，可以增强大脑中神经回路的连接，让它变得更有韧性，甚至可以成为基因的一部分遗传给自己的后代。神经心理学家里克·汉森博士（Rick Hanson）在《大脑幸福密码》（*Hardwiring Happiness*）一书中也有类似的表述，当我们把一个想法、一个事实变成一种体验时，它存续的时间就会更长，并沉淀在你的大脑中，成为你的一部分。

人类的大脑能进化到今天这个程度，并能容许不断修正和升级，这本身就是一个无与伦比的奇迹。美国思想家、文学家爱默生（Ralph Waldo Emerson）是这样说的："人把世界装在自己的头颅里带着走。……由于整部自然史都在里面，因此，对于自然，人类不但是预言家，也是其中奥秘的发现者。"诗人丁尼生（Alfredlord Tennyson）对大脑的形容是："我是所有世代的继承者，时间的终极档案。"

舍温·B. 努兰（Sherwin B. Nuland）是耶鲁大学医学院外科医生，有 35 年的行医经验，也是美国国家图书奖获得者。他在《生命之书》（*How We Live*）中把身体形容成一支行动敏捷的特种部队。神经冲动和激素是通信员，把信息带到各个细胞，让它们听命行事，一齐为生存而努力。生命就是一个不断变化、互相补偿的系统。

我们的身心是一体的。当我们健康有力的时候，往往会更加乐观和友善；有病痛的时候，则更容易感到悲观和退缩。反过来，当我们的心理更加自信、满足和乐观，我们的肌肉会更放松，免疫系统也会更加有韧性，激素水平更平稳，甚至更少感冒，还会延长寿命。

医生们发现，身体分泌的各种激素与情绪之间也有强关联。甲状腺功能减退就与情绪健康有密切关系。斯蒂文·霍兹医生（Steven F. Horze）在他的 *Hormones, Health and Happiness*（可译为《激素、健康与幸福》）一书中，以他数十年的经验，证明了甲状腺激素分泌不足，会产生疲惫、低血压、低血糖、头疼、脱发、哮喘、肥胖、不育、心脏加速等症状，而这与压力水平及抑郁症相关，互为因果。

过去，抑郁症被认为源自缺乏大脑中的信号化学物质血清素，而现在医学认为，不能把抑郁症的成因归结于某种单一大脑化学物质。人们发现，肠胃里的细菌也与我们的情绪有关。肠道与大脑通过迷走神经相连，肠道细菌将饮食中的纤维分解成短链脂肪酸，而该物质对整个人体产生影响。日本九州大学的一项研究表明：肠胃中无菌的老鼠（通过特殊饲养技术，从未接触过微生物的老鼠）在感到痛苦时，释放的压力激素是正常老鼠的两倍；对可以引发愉悦的东西，比如，老鼠爱喝的糖水，兴趣大大减少。另外，爱尔兰科克大学附属医院的泰德·迪南（Ted Dinan）教授研究发现，抑郁症患者体内的微生物群的多样性比健康人要少很多。

医生们还发现，人们对自我健康程度的评估比医院的体检报告更能影响心情。比如，一个自认为得了绝症的人，有可能"自觉"各种疼痛和抑郁症状，而在被通知是误诊后，这些症状就消失了。

生命真是奇怪。一方面非常脆弱，一个看不见的病毒，几句闲言碎语，都有可能置人于死地。另一方面，它顽强不屈，百折不挠，屡屡凤凰涅槃，置之死地而后生。

17世纪的英国诗人考利（Abraham Cowley）的诗作精确地捕捉到我们体内世界的精髓："那变化莫测的海洋，为了保持恒定，不得不瞬息万变。"不断适应环境，在动态中保持平衡，在不确定中实现成长，这就是我们生命的奇迹。所谓医学上的治疗只是为了恢复身体原来的平衡状态。若要治愈，就必须激发身体组织本身的力量，特别是意志力。

这里我要说说夏伯渝的故事。他69岁时以双腿假肢登上了珠峰，这距离他第一次向珠峰发起挑战，已经过去了43年。1975年，26岁的他攀登珠峰时，遇到了非常恶劣的天气。他把自己的睡袋让给了队友，以至于双脚被冻伤，不得不截肢。当医生通知他的时候，他脑子一下子嗡嗡响，人好像掉进了万丈深渊。后半生是不是要在轮椅上度过？以后还能干什么？他对今后的生活失去了信心。一位假肢专家看到他的情况安慰他说："你安上假肢以后，不但可以像正常人一样生活，还可以再登山。"也许这位医生只是随口说了一句安慰的话，但夏伯渝像抓救命稻草一样记住了它，并开始了日复一日年复一年的苦练。他多次尝试攀登珠峰，但都与登顶失之交臂，有一次甚至是在离顶峰只有94米的时候不得不放弃了。

为了攀登，他需要克服许多常人难以想象的困难。假肢与地面接触的部分是平板，因为没有踝关节，它始终是个直角。所以在攀登的时候，他只能用脚尖走，下山的时候就用脚跟，接触山体面积非常小。这就很容易滑倒，而且很费劲，因为用假肢要比别人消耗更多的体能。如果遇到一米多宽的冰缝，别人可以跳过去，他却只能迈过去，甚至靠身体失去平衡倒过去。他已经快 70 岁了，身体各部分的机能在下降。为了保持体能，减缓下降，他就必须付出更多的时间去锻炼。为了筹措登山的费用，他卖掉了房子。他说："人生不怕晚，就看敢不敢。"

　　在登顶那一刻，他百感交集，流下泪水。除了感激家人的理解与支持，他也感谢珠峰。他说："不是我去征服了珠峰，而是珠峰接纳了我。"这是他生命的巅峰时刻，创造人生的奇迹，也与大自然的奇迹融为一体。

　　正如努兰医生在《生命之书》中写道的："人不只是一些组织、器官的总和，更有超越自我的潜能，关键就在我们自己的作为。"

倾听身体的声音

2022 年 12 月 6 日，正在四川拍摄《新生万物》的我，接到家里的电话，80 多岁的父母已经感染新冠，并且开始发烧，妈妈更是四肢无力，难以自主行走。我的心"咔嗒"一下沉了下去，只有一个念头：必须尽快赶回去。原本 7 日、8 日都有拍摄安排，我立即联系制作团队，拜托大家 7 日通宵加班，把两天的工作一天完成，赶 8 日清早的飞机回北京。

见到我，二老的心明显安定下来。我一边安慰他们，一边自己心里在打鼓，如何应对新冠心里没底，手边没有特效药，只有退烧药布洛芬和连花清瘟冲剂，而且我贴身照顾二老，自己感染也是迟早的事。不出所料，第二天我也发起烧来，一量体温，38.5 度，头晕乎乎的，"刀片嗓"让吞咽都变得痛苦不堪。

但是让我自己都感到惊奇的是，在高烧的状态下，我居然还能继续照顾二老的生活起居，量体温、喂药、喂饭、洗漱，等等，甚至在家里的保姆也病倒后，我开始给全家人做饭。最困难的事是扶妈妈上洗手间，我得挽着扶着半抱着。实在抱不动了，我就说："妈，记得我小时候你教我跳交谊舞吗？咱们俩现在就练习一下。你一手搂着我脖子，一手扶着我手臂，靠在我身上。来，嘭嚓嚓，嘭嚓嚓……"妈妈被我逗笑了，母女俩就这么半拖半拽地移动。妈妈瘦弱的身躯依靠着我，让人心疼。我没有退路可言，内心反而生出了无比的勇气：管他三七二十一，必须扛过去。

这也让我想到，此时此刻，不知有多少家庭都在度这个劫，也不知有多少人在苦苦支撑。但是，与此同时，我也发现了人的潜能。设计师山本耀司说过："自己这个东西是看不见的，你只有撞上了其他东西，有时是很强大、很厉害的东西，反弹回来，才知道自己是什么样子的。"我发现自己原来还挺勇敢的。

我们所说的心理韧性，并非感受不到痛苦，而是具有应对痛苦的能力。从某种程度上来说，幸福感不是取决于我们经历了什么，而是我们如何去解释发生的这一切并如何做出反应。感染新冠，特别是看到挚爱的家人受折磨，是身体和心灵的双重压力。我们的身体在反应，我们的大脑也在反应。我回想自己的经历，在脆弱无助中寻找愉快的记忆，以爱的力量彼此支撑，也是一种应激保护机制吧。这种情绪上的自我稳定，也增强了身心的韧性。而在平时，我们也可以通过长期的练习，如运动、冥想、保健等方式，提升身心抗压的能力。

心理学家彭凯平教授认同我的观点，正因为身心一体，所以他借用中国传统文化中"八正道"的概念，总结出用调整身体状态的方法管理情绪的"八正法"，我把自己的经验与之对应，这里也分享给大家。

第一，深呼吸。

深呼吸不仅增加我们血液中的氧气含量，而且可以起到抑制杏仁核活动的作用。杏仁核是大脑中的负面情绪加工中心，位置就在鼻子后头。当我们把凉气吸进来，杏仁核的温度就有所下降，而且还可以抑制交感神经的亢奋，对情绪有安抚作用。用彭教授的话来说，就是"给自己三分钟的喘息"。

这一点行之有效，我可以用亲身体验印证。主持大型活动时，不论做了多么充足的准备，临场一定会紧张，甚至焦虑恐慌："万一忘词了该怎么办？搭档忘词了我该怎么办？有嘉宾没按时到，或播放的短片没准备好，导演要求主持人临时加词，该说什么？今天这件衣服有点紧，如果拉链坏了该怎么办？"这可不是杞人忧天，这些事我都遇到过！这时候，就感觉自己头脑发热，四肢冰凉，呼吸特别急促。旁人劝"别紧张"几乎没用，有时越劝越紧张。而有效的方法就是做五次深呼吸，感受空气慢慢通过鼻腔直达腹腔，甚至让肚子鼓起来，再感受将空气慢慢呼出去，肚子瘪进去。血液中的氧气增加了，前面说到的症状就会有效缓解。

第二，触摸身体。

我们的膻中穴就在胸前两乳之间中线的地方。从中医的角度来看，膻中穴不畅就会产生"堵得慌"的感觉，这时用手掌反复按摩膻中穴，就能起到舒缓胸闷气短的作用。从心理学角度来说，掌心的触觉神经元特别多，按摩的时候，神经元的信息反馈到大脑前额叶，就是在安抚神经系统。还有拥抱、击掌、鼓掌，也对振奋情绪有帮助。在哭泣时得到一个温暖的拥抱，压力山大时有人按摩一下硬邦邦的肩颈，运动员上场前相互击掌鼓励，大声呼喊口号，这些都能给予安慰、提振士气。

身体接触是人类生存的必需。你听说过著名的恒河猴实验吗？就是让刚出生的小猴子与母亲分开，和两个被做成母猴形状的"母亲"待在一起。一个铁丝"母亲"的胸前挂着奶瓶，另一个布料"母亲"却没有。但小猴子除了饥饿的时候，都会依偎在柔软的布料"母亲"怀中。这说明了爱的三个变量——触摸、运动和玩耍，它们是婴儿生存成长的基本需要。缺少母亲抚摸的人类婴儿很难正常成长。

孩子慢慢长大，特别是进入青春期以后，与父母的身体接触越来越少，会因为父母在公众场合过于亲近的举动而害羞，这正是他们从身体到心理逐渐走向独立的象征。不过即使如此，我发现，他们从内心来说还是渴望父母的拥抱的。我的两个孩子上中学时，有时因为功课太多了，或者因为与同学闹了别扭，心情不好，我就给他们按按头、揉揉肩膀，或是拥抱一下，告诉他们我特别理解他们的感受，也愿意听他们吐吐槽、诉诉苦。这一招在孩子常常充满对抗的青春期，让我和他们保持了良好的关系。

第三，闻香。

嗅觉与其他感官的工作路线不同。其他感官是采集信息后发送给大脑，大脑加以处理后再产生情绪反应。但嗅觉中枢与大脑边缘系统直接相连，能更快引发情绪反应，所以它对情绪的调整能力是更直接的。

中国古人有配香、焚香的传统，比较喜欢沉香、檀香的气味，这些气味有祛病去邪、沉静心情的作用，还能表达君子自持的修养。屈原就常常描写蕙兰、花椒、白芷的香气，以之比喻高尚的情操和高洁的心志。古人遇到重要的仪式，更要沐浴焚香，以示郑重其事。香也是展现个性的方式。读过《红楼梦》的人一定对薛宝钗的冷香丸印象深刻，而林黛玉的香则是奇香，天然的香气。她还不忘调侃贾宝玉："你有玉，人家就有金来配你；人家有冷香，你就没有暖香去配？"

我曾经有机会接受娇兰的调香师配制专属的"LAN"香

水。访谈的时间长达三四小时，很像心理咨询的过程。我被问到童年记忆中最能感受到安全和爱的气味是什么，这唤醒了沉睡的有关气味的记忆。那是妈妈洗的床单，在阳光下晒了一天后，重新铺在床上。我钻进去，把它蒙在头上，就能闻到温暖的香气，妈妈说那是阳光的味道。后来调香师真的用马达加斯加的香草和保加利亚的玫瑰作为主要原料，加上几十种其他原料，调制出了"温暖明亮的阳光的味道"。闭上眼睛，幼年的温馨回忆生动再现。

第四，倾诉。

压抑或焦虑的时候，如果有人能够也愿意听你倾诉，那绝对是平时好人品的证明了！把心中的不悦说出来，即使没有得到什么实质性的帮助，也能在倾诉中得到莫大的安慰，是心理平衡的重要途径。表达甚至宣泄情绪都应该被鼓励，流泪也是一种自我保护的机制。从这一点上来说，男儿有泪不轻弹的传统观念，真的对男性不公平。

第五，幽默。

幽默不仅是搞笑，还能让人有所感悟，是有参与感的精神活动。研究人员曾经评估两组老年人，一组观看有趣的视频20分钟，另一组只是静静地坐着。前一组的人在听觉、视觉、语言、记忆等方面都表现更好，他们体内皮质醇的水平也更高。笑一笑，十年少。经常笑不仅可以缓解焦虑，还能增加内啡肽的分泌，它能使人产生愉悦感，调节神经功能，甚至在一定程度上抑制疼痛。爱尔兰作家萧伯纳（George Bernard Shaw）有一个生动的比喻："幽默像马车上的弹簧，没有它，人生路上的每一块小石子都会让你颠簸得难受。"

第六，运动。

运动的时候，身体的各种激素水平都会发生变化。随着耗氧增加，会刺激大脑进入兴奋状态，分泌大量的多巴胺，它能增快心率，使人体产生欢快的感觉。同时，人在运动时交感神经兴奋，肾上腺素加快分泌，它能增加心肌的收缩力，舒张冠状动脉和骨骼肌血管，改善心肌的活动。皮质醇的分泌会加快身体的新陈代谢。生长激素也在分泌中，它可以促进蛋白质合成，加快碳水化合物的代谢，从而促进人体生长发育。此外，血液加速流动，痛痛快快地出一身热汗，头脑反而更加清醒，这种良好的感受让人爱上运动。

第七，正念冥想。

人的呼吸既是无意识的动作，也可以是有意识的动作。正念冥想就是关注自己的呼吸，可以是打坐，也可以是练字、打太极、做瑜伽什么的，都能让你从烦乱中安静下来，从紧张中放松下来。练习把千头万绪归于一处，专注于当下，能激活大脑的前额叶，使气息变得更长更柔和，心也随之澄明起来。有一种说法叫作澄明之境，是哲学家海德格尔（Martin

Heidegger）提出来的，用他的话来说，就是"它敞开了一个世界"。就像在林中空地上突然被阳光照耀般的光亮温暖，一切都是自由徜徉的，是广大的也是精微的，是完整的也是愉悦的。"采菊东篱下，悠然见南山"，陶渊明写下了"此中有真意，欲辩已忘言"的美妙感受。

第八，写作。

写作需要组织语言，要有一定的逻辑和布局。通过文字把情绪和想法写出来，本身就是对情绪进行梳理的过程。当文字出现在纸上或者电脑屏幕上，它就离开了你的身体，成为一种独立的存在，而你看它的时候就有了一份客观性，不禁会想："这么说是不是有点过激了？事情还有另外一面吧……"这么写着，看着，想着，混乱的思绪和激动的情绪就会得到梳理，甚至在把它交给纸张和屏幕后，你已经放下了。

我的一些朋友选择记录下自己的抗病日记。把自己的经历写出来，把它外化，就能更客观地观察它、体验它、解释它、解决它；对他人也是一种心灵的联系，能给予一种"不只有我在经历痛苦"的慰藉。

冰雪运动员徐梦桃 20 年的训练生涯充满坎坷。四次冬奥会与金牌无缘，在平昌声称得不到冠军就退役的她，因为比赛时上抛速度不够，狠狠地摔在地上，只排名第九。她多次受伤，曾经在比赛中听到自己韧带撕裂的声音。2018 年，她做了半月板手术。为了刺激手术后的肌肉更快愈合,她把电击治疗仪开到最大挡……在 2022 年北京冬奥会自由式滑雪空中技巧比赛中,她凭借全场最高难度的三周台 bFFF 动作勇得冠军后,一时都不敢相信。"我是第一吗?"她大声发问。在得到周围人肯定回答后,她淌着热泪,一遍又一遍地大喊:"我是第一吗?"让人动容。在采访她时,我发现徐梦桃很善于调整自己的情绪。在最困难的时候她就是自己最好的心理医生。她有记日记的习惯。在日记里跟自己对话,分析得失成败,鼓励自己加油,感谢自己坚持到底。她说:"有时真想破罐子破摔了,躺平算了,但我要把心里的天使呼唤出来。我对自己说:'小桃子,你要相信自己,你可以做到的。'"文字是有能量的。把心中所想写下来或说出来,这个过程是一种释放,也是给自己一个机会比较客观地审视自己的情绪。

疫情防控的第一年,我利用在家隔离的时间,写作《大女生》这本书,并且选择用手写的方式。我发现,手里握着笔,听到笔尖划过纸张的沙沙声,这本身就是一种正念练习,很有治愈感哦。

除了彭教授提出的这"八正法",其实每个人都可以根据自己的喜好,增加上一两条。我想补充对我自己而言两个行之有效的方法。一是适量的碳水和甜食。有些减肥的朋友完全断掉碳水，或者选择过度的低碳水化合物，容易出现低血糖的症状。脑部为了能够得到更多的葡萄糖，会导致交感神经变得比较敏感，更容易生气暴躁，甚至抑郁。

当然，情绪不稳定的时候如果暴饮暴食，也会带来很多问题，所以我的解决方案是早餐一定要有碳水，最好是五谷杂粮，如小米粥、燕麦粥什么的。白天随身准备一些干果和果脯，如葡萄干、杏干之类的，热量不是很高，却能让自己随时享受甜蜜口感，也是一种自我奖赏，很有幸福感。

二是听音乐。中国古人相信，五音入五脏，认为音乐与脏器乃至情绪之间，有某种对应关系，如角音对肝，徵音对心，宫音对脾，商音对肺，羽音对肾，从而"乐以治心，血气以平"。"药"的繁体字"藥"，不就是草字头下一个"乐（樂）"字吗？音乐直接作用于情感中枢，对情绪的影响非常直观。当然这因人而异。比如，有些人在生气郁闷的时候喜欢听轻松舒缓的音乐，也有一些人反而喜欢听激烈甚至愤怒的音乐，在同频共振中得到宣泄释放。

音乐治疗近些年越来越受到欢迎，还有科技企业把某种节奏和频率的音乐收集起来，通过电磁波刺激的方式，帮助脑电波调整到更加平稳舒缓的状态。2020 年 4 月 12 日（意大利当地时间），新冠疫情高发期，意大利歌唱家安德烈·波切利在米兰大教堂前空荡荡的广场上，通过网络直播演唱了《奇异恩典》，教堂内的管风琴为之响起，呼唤对生命的热爱，用歌声抚慰人心，共度时艰。这也是一种群体的音乐治疗吧。

记住，你的身体是一切美好的开始，更好地接纳它，呵护它，让身心重归一体，你的幸福力也会变得更强大。

解除封印，释放天性

张小婉和管乐是两位喜剧演员。她们在喜剧大赛中表演的喜剧小品《千年就一回》和《大放光彩》，以灵动的表演和精准的配合惊艳全场。有意思的是，无论在表演中还是听评委点评的时候，她们两人都以高涨的情绪和热烈的语言给人能量爆棚的喜感。这俩孩子太逗了，属于不给阳光也要灿烂的自发光型啊！

我把她们请到《发光吧，大女生》的直播谈话节目中，讨论的话题是"相信的力量有多强"。管乐说，她小时候就喜欢搞笑，但是妈妈担心，女孩子喜欢"出洋相"不好，总是告诫她要文静一点，稳重一点。但是上了戏剧学院，从音乐剧伴舞演员做起的她，却发现"出洋相"也可以很有魅力，女生幽默风趣也很受欢迎啊，可以给别人带去很多快乐。小婉小时候是个胆怯害羞，见了陌生人就躲在妈妈身后的孩子。妈妈乐观的天性给她很大影响。当时家里收入低，到了给孩子买一根冰棍就没钱坐公交车的程度。但是在她的记忆里，妈妈爱笑，如果买东西的钱不够，就带着她一起动手去做。节目中她们两个活力四射，加上连珠炮似的语速，我这个资深主持人屡屡插不上话！我看评论区也是满屏的花式开心："心疼澜姐嗓子都喊哑了！""这是解了封印，要翻天啦！"……单场观看量创下新纪录。

天生我材必有用。我上小学的时候是个有点害羞的孩子，也没有什么才艺，去报考舞蹈班和乐队，都没被选上。正在伤心的时候，班主任裴老师对我说："杨澜，你的声音很好听，而且口齿清楚，作文能力也出色，下次学校会演，你去做报幕员好不好？"会演那一天，看着台下黑压压的几千人，我吓坏了，身体僵僵的，连脚步也迈不出去。这时，还是裴老师在我身后说："相信自己，你可以的。"然后，她轻轻地推了我一把，就这样把我推上了舞台。我至今感念老师这轻轻一推。记得那一次我在舞台上还即兴发挥，加上了与观众互动的台词，老师在幕侧为我鼓掌。一位好老师，会让孩子被看见；更重要的是，让孩子看见自己。

自我认知和社会评价，都对自尊心产生影响。小时候父母和老师给了我爱的环境，培养了我的自信。随着年龄的增长，接触到家庭和学校之外更大的世界，难免要面对他人的评价。

大四那年，我去报考中央电视台《正大综艺》节目的主持人，考过几轮之后，我听到一位编导不经意间说起："杨澜的个人素质目前来说是最好的，可是还不够漂亮。"处于被挑选的处境，心理本身就脆弱的我，沮丧极了。回到家里一边照镜子，一边喃喃自语道："的确啊，眼睛不够大，脸盘不够小，还被食堂的包子喂养出一脸婴儿肥……这怎么上电视啊！"妈妈看见我这么不开心，就说："漂亮的标准因人而异。你就是你，跟别人长得一样不就没特色了吗！"妈妈的话让我豁然开朗，我就是我，独一无二，正是因为不完美反而有自己的特色，这不就很美吗？至于有没有被选上，那是别人的事。后来，我在近千名候选人中最后胜出，打破了央视主持人来自专业院校的传统，也以自然清新的形象获得观众的认可。

故事到这里并没有结束，在 20 世纪 90 年代初，我每天都会接到大量观众来信，真的可以装一小麻袋。不过信里的话可并不都是好听的。记得有一位观众就给我写了洋洋洒洒四五页的信，历数我在节目中擅自抢话（就是"爱出风头"）的次数，更不能容忍的，是我常常在节目里放声大笑，在他看来就是缺少"东方女性应有的优雅含蓄"，还在收视率这么高的节目里，给青少年带来很坏的影响……我的妈呀，这可怎么办？这时我的搭档赵忠祥老师不紧不慢地说："杨澜，我告诉你啊，将来你会听到各种各样的声音。有人说你抢话了，就会有人说你冷场了；有人说你笑多了，就会有人说你还是放不开……放弃取悦所有人的想法吧，你只能做你自己。"

环境给我们带来改变的方式，是影响我们的自我认知。2022年5月，日本的一档综艺节目做了一个大胆而有趣的实验——"50天能改变女性的容颜吗"，邀请普通女性，在不减肥、不整容的前提下，仅仅通过改变生活环境，进而影响她们的行为模式，看看是否能让她们的外在形象产生变化。

一位叫Aki的姑娘，生长在栃木县，因为小时候比较胖，一直没有自信。来东京上大学后，住在小平市十来平方米的出租屋里，对东京的认知就局限在居住地附近很小的范围内。节目组安排她搬到能看见东京塔的高级公寓楼里，公寓的面积比过去大了好几倍，又处于闹市区，周围有高档商业区和星级餐厅，邻居们也是摩登的专业人士。50天当中，她从惶恐拘谨，到适应环境，逐渐改变了自己的发型和穿着，行为与谈吐也变化了。实验即将结束时，她的外貌虽然没变，但气质形象焕然一新，充满自信，令人惊叹。

这让我想到改编自萧伯纳作品的剧作《窈窕淑女》，语言学家把贫民区的卖花女调教成上流社会的淑女，甚至被传为某国公主。到底是什么有这样的魔力？是苦练发音，是设计妆容，是礼服珠宝？有一天，剧中女主角在受尽教授百般磨炼和羞辱后，终于忍无可忍地爆发了，她大叫："你想让我成为那样的淑女，你首先要像尊重她们那样尊重我！"尊重与自尊，才是关键。

你的自信程度如何？让我们来做一个测试吧。假如你有黑色、绿色和橙色三种颜色，分别对应自己身体上不喜欢的、一般的和喜欢的部分，你会怎么涂抹呢？测试发现，大多数人把自己身体的大部分都涂成了黑色，也就是说，大部分人并不喜欢和欣赏自己！德国作家博多·舍费尔（Bodo Schäfer）在《自我实现之路：3 个词改变你的职场和人生》（*Ich kann das: Eine Geschichte über die drei Worte, die unser Leben verändern*）一书中回应这种现象，认为自知、自尊和自我认同，是自信的关键。

探索独一无二的自己，是一辈子的事。你相信什么，讨厌什么，擅长什么，不擅长什么，愿意和谁在一起，不愿意和谁在一起，能承受多大压力，能领悟到什么境界……就是一个不断自我发现的过程。每个人都是一个小宇宙，它的精妙和浩大，不亚于外面的世界。而探索自我的过程，就是接纳自我的过程，包括由衷地欣赏自己，也包括接受自身的不完美；这也是与外界摩擦，承受评判的过程，包括不友好不公平的评判。只有接纳自己，才能消化外界的负面评判。

前一阵，我在社交媒体上刷到一个网友的分享，说她在路上无意中听到一段妈妈和孩子的对话。妈妈说："你要乖，这样老师和其他小朋友才会喜欢你。"孩子回答:"不要。如果我乖他们才喜欢我,那他们喜欢的只是我的乖,而不是我。"这孩子,通透啊!

自我是在变化和成长的。当一个人认识到自己不是世界的中心,世界不会围绕自己运转,他就有了第一次成长。创建分析心理学的荣格(Carl Gustav Jung)说:"内在小孩是一切光上的光,是治愈的引领者。"不能完成内在小孩成长的人,情绪得不到释放,缺少自我认同,就会不断地哭泣,甚至自我伤害。而停止成长,是很难获得幸福的。荣格的母亲患有精神分裂症,他自己在青春期也出现了类似的病症。他决定用一生去探索和疗愈自己。他认为,"除非你把无意识变得有意识,否则它就会操控你的人生,而你将其称作命运"。他讲的,就是自我觉察的重要性。

我们都说性格决定命运,其实,对自我的认知和接纳才是决定命运的关键。讨好型人格总是期待周围所有的人都能喜欢自己,其实这既无可能,也无必要。有点讽刺的是,我们耿耿于怀的一些话,仅仅是无心之语。你想,别人最关注的是什么呢?是他们自己啊!他们偶然看你一眼或说几句评价,未必是过脑过心的。就拿春节回家被亲戚催婚这事来说吧,很可能是这样的情形:亲戚好久不见你,或者根本不熟,坐在一起总要聊天吧,不知从何说起,不如就关心一下你的婚姻大事吧。这样一想，对于他们的说教和八卦，你完全不必放在心上。如果这实在令你不爽，不如问问这位亲戚自己的情感生活吧，说不定是一地鸡毛呢！

在自尊受挫，感到抑郁的人群中（女性的比例往往比男性更高一些，这与女性在历史中的弱势地位有关），有一个共同点，就是有一个喜欢贬低自己的伴侣。苏敏，网名苏阿姨，是一位普通的女性，勤勤恳恳地工作，辛辛苦苦地养育孩子，操持家务。她的婚姻生活并不美满，丈夫对她的开支管得很严，甚至有点吝啬。更让她不能容忍的，是常年不断地贬损她："你这么丑，还打扮什么呀！""你这么笨，离开我怎么活啊！"她忍耐了几十年，终于有一天爆发了。50 多岁的她用自己所有的积蓄买了车、帐篷、餐具和旅行用品，开始了自驾环游中国的旅行。她说："就是做了我自己一直想做的事。"

一百多年来，"出走"一直是女性的命运主题，从娜拉走出玩偶之家，到子君为爱情私奔。她们因为没有自己谋生的手段，即使出走也没有出路。苏阿姨有她每月 2000 多元的退休金，虽然不多，但够维持一个人的生活。去哪里不重要，离开才重要。这是苏阿姨的觉醒，也是她的反抗。听到她的故事，我想到的是李白的那句诗："仰天大笑出门去，我辈岂是蓬蒿人！"

荣格认为，当我们不敢表达恨意时，就容易做一件非常糟糕的事情——把恨说成爱，刻意收敛自己的不满，因此失去生命的活力。苏阿姨不一定读过荣格的书，但她生命的力量在沉默中爆发了，她要摆脱精神的控制，释放自己的天性，争取应得的自由。这期间风餐露宿有过，迷路抛锚有过，还曾经在风雨交加的夜晚，在失去导航的情况下进入空无一人的营地，惊恐万分……但她也见识了沿路的风景，学会了制作短视频，收获了一众支持她的网友。我请她来到直播间时，毫不夸张地说，她的浑身都在发光，眼神明亮，自信满满，是那么有魅力。

萨特认为，人存在，首先是遇到自己，然后才造就自己。人不是上帝造就的，人是自我感知然后存在的，是自己所有行动的结果，此外什么也不是。他认为，如果你与他人的关系是扭曲的、败坏的，那么他人就是地狱。你要做的，就是离开。

世界上最有成就感的事情之一，是让某人感到幸福。那么何妨从爱自己开始呢？我们面对自己的脆弱，面对世界的残酷，就需要不断积累心理资本，它包括信心、希望、乐观和韧性。相信自己，悦纳自我，就是要增强心理韧性，把心理资本做大，经得起以后的支取，还要让它不断积累、增值！抱抱自己内在的那个小孩吧，跟他说："别怕，我陪你长大。"

第二章

积极情绪：

不必远眺，
快乐就在我们身边

Chapter 2
Positive Emotion

Happiness Quotient

小确幸随时准备拯救你

海棠树发芽了，你注意到了吗？

我发现那些嫩嫩的树芽，其实底部是枣红色的，向着芽尖，慢慢过渡到嫩绿色。每一粒树芽很短，不超过一厘米，不过壮实饱满，如花蕾般一层层包裹在一起，像是快要离别必须再紧紧拥抱一次的朋友。很快，它们将伸展臂膀，触及一片不同的天空，尽情地舒张，感受春风的抚慰和春雨的滋润。在不远的将来，粉色的海棠花将从这些臂膀上绽放，层层叠叠的，如云霞般灿烂热闹。

这样的时节是值得入诗的。苏轼被发配黄州时，在万般困苦中，就这样咏叹过院子里的一株海棠："东风袅袅泛崇光，香雾空蒙月转廊。只恐夜深花睡去，故烧高烛照红妆。"

所谓欣赏，就是不舍得错过。

中华民族是诗化的民族，风花雪月，小桥流水，皆可入诗。古人说人生有十六件赏心乐事：清溪浅水行舟，微雨竹窗夜话，暑至临溪濯足，雨后登楼看山，柳荫堤畔闲行，花坞樽前微笑，隔江山寺闻钟，月下东邻吹箫，晨兴半炷茗香，午倦一方藤枕，开瓮勿逢陶谢，接客不着衣冠，乞得名花盛开，飞来家禽自语，客至汲泉烹茶，抚琴听者知音。皆是雅意。当然，那份欣赏的心情最要紧。宋朝有禅诗曰："春有百花秋有月，夏有凉风冬有雪。若无闲事挂心头，便是人间好时节。"

孔子是一位喜欢说教的老先生，不过有一次他很感性。当天他问学生们有关志向的话题，子路、冉有、公西华发表一番宏图伟略后，曾点说："莫春者，春服既成，冠者五六人，童子六七人，浴乎沂，风乎舞雩，咏而归。"孔夫子听后一拍大腿，说了句："吾与点也。"意思就是，我最赞同曾点所说的。

苏轼一生多次遭贬，最后被贬到了海南岛，当牛的蛮荒之地。然则他却自得其乐，酒后独行，写下了七言绝句："总角黎家三四童，口吹葱叶送迎翁。莫作天涯万里意，溪边自有舞雩风。"就是对这个典故的跨时空回应。

古人擅于在生活细节中发现美。李渔一生跨越明清两朝，遭受家族败落和离乱之苦，靠卖诗文、出版书籍和经营家庭戏班维持生计。他写了一部《闲情偶寄》，内容包括服饰、饮食、园林、歌舞、器玩等等，被林语堂先生称为"中国人生活艺术的指南"。李渔认为，行乐之事多端，未可执一而论。睡、坐、行、立、饮食、谈话、养鱼、种竹、借景，皆有不可取代的乐趣。即使是至贱易生的苔藓，也让人着迷。他还有《养苔》一诗："未成斑藓浑难待，绕砌频呼绿拗儿。"真够痴的。

林语堂认为："就中国而言，由于有了中国的人文主义精神，把人当作一切事物的中心，把人类幸福当作一切知识的终结，于是，强调生活的艺术就是更为自然的事情了。但即使没有人文主义，一个古老的文明也一定会有一个不同的价值尺度，只有它才知道什么是'持久的生活乐趣'……这就是生活的本质。"

幸福不是什么大道理，它是生活中小确幸的累积：蹒跚学步的孩子，肉乎乎的小手紧紧攥着妈妈的一根手指；结婚纪念日，夫妻一起翻看第一次约会的老照片；年夜饭，爷爷拿出他最拿手的红烧肉……

幸福，也关乎看待事物的角度。

2019 年，我在日本京都的紫云山顶法寺探访日本花道的起源地。插花从中国传入日本时，首先是满足佛前供花的要求，因为这样的场景，一花一叶就有了不同的意境。同时，插花也是一种修行，需要端正身心，凝神静气，涤净杂念，体悟"一花一世界，一叶一菩提"的境界。佛教众生平等的世界观就这样自然地融入其中。池坊是日本最古老的花道流派，其花道分为立花、生花和自由花，可小巧灵动，也可大气磅礴。历任的寺院住持就是花道的"家元"，即传承人。花道师特别向我解释残枝败叶的妙用。在花道中，是没有所谓"无用"和高低之分的花材的。一截枯枝，几片败叶，都是独一无二、弥足珍贵的，正体现了时间的流逝与生命的短暂。所谓"物哀"之美，便是在了然生命无常后更加珍惜当下，也接纳死亡的从容境界。生命本身就是完美的。

人与动物的关系也带来不少情趣和快乐。季羡林先生在散文中就花了大量笔墨写他的猫。他发现与猫在一起，"我的感情其实脆弱得很"。他养了一只波斯猫，叫咪咪，全身白毛，毛又长又厚，冬天胖得滚圆，夜里睡在他的床上，还打呼噜。一次咪咪失踪了三天后狼狈地回到家里，很有可能是被坏人捉走又逃回来的。它性情大变，不仅易怒抓狂，还到处撒尿拉屎。老教授舍不得责怪它，就追着它清扫污秽。家人笑话他"从来没有给女儿、儿子打扫过屎尿，也没有给孙子、孙女打扫过，现在却心甘情愿服侍这一只小猫"。季教授是心甘情愿成为猫奴的。咪咪遇到家人嫌弃，老人竟然与猫相对而泣。老人自己解释大概是因为他从小失去母亲，猫咪也是"孤儿"，彼此相惜。这份情感真是深厚，给季老的晚年带来很大慰藉。

在季老的世界里，除了猫，还有门前的一池莲花。我在

1999 年采访他时，他指着铺满整个池塘的莲花，说："莲花的生命力真是顽强。我当年得到一捧古莲子，别人都说肯定不可能再发芽了。我偏要试试，结果第二年就长出莲叶，开出花来，叶和花都特别苗壮。"莲花出淤泥而不染，正是他的心志所向。

幸福是能够经常体验到积极正面的情绪，并且在压力和挫折面前，善于调动积极情绪的记忆。这就是心理韧性所在。在这方面，运动员们很有发言权。他们各有各的绝活儿，用来在最紧张的比赛中调整心态。

乒乓球大满贯得主邓亚萍，在比赛胶着时，会用手指撑住球台，感受压力的释放，再大喊一声"飒"。她用这种方法调动平时训练积累的积极情绪，给自己鼓劲儿，也给对手造成一定的压力。

2022 年北京冬奥会上，18 岁的谷爱凌在赛场的热身区，还吃着她最爱的馅饼。这一幕与世界顶级比赛带给人的压力感形成鲜明的对比。在自由式滑雪女子大跳台决赛中，她前两轮比赛后暂列第三，比第一名的法国选手落后 5.25 分，比第二名落后 0.25 分。她提醒自己，只有一次机会了，必须拼一把了。她没有采纳母亲"上 1440，争取银牌"的保守建议，而是决定挑战高难度的 Double Cork 1620，就是空翻两周，转体四周半。这是她第一次尝试成功的动作组合，空中姿势又飘又飒，一举以 94.5 的高分获得冠军！她说"压力大了才真正放松"。这个女孩的心理素质真是太好了！

　　心理学以往更关注的是得了抑郁症的人，而积极心理学开始关注正向的心理建设。泰勒·本-沙哈尔教授一举成名，是因为他在哈佛大学开设了一门最受学生欢迎的"幸福课"。沙哈尔发现，片面强调竞争的教育出了问题。以他自己来说，他在 16 岁时获得以色列壁球比赛的冠军，但每次得到冠军后，他的心情很快就从欣喜若狂到低落迷茫。他问自己，为什么在实现了一个重要目标后，却没有感到预期的喜悦呢？那就是因为过度看重输赢，缺乏内在动力。同样，追求幸福这件事也不能急功近利。他发现，"你是否幸福"这个问题暗示着我们要么幸福，要么不幸福，而且把幸福作为一个终点。因为这个终点并不存在，所以导致了更多不满和挫败感。但当他问"你认为怎样才能更幸福"时，却收到比较正面的回应，因为这个问题暗示了幸福是一个长期的、不间断的过程。于是他要求学生们每天记下五件值得感恩的事情，三个月后，学生对自己的幸福感评价大幅提升。其实说起来都是一些小事：陌生人的一个善意微笑，孩子手中的气球，一杯刚刚好的咖啡，一个美梦……幸福就在我们身边，只是我们习惯于眺望远方去寻找它的身影。

神经心理学家里克·汉森博士指出，我们的大脑神经回路具有可塑性，就像我们的肌肉可以通过锻炼来增强一样。我们可以通过"内化积极体验"的练习，把偶尔的、微小的积极体验塑造成持续的能力。怎么做呢？简单来说分四步，首先是"拥有"（Have）一个积极体验，比如，在背痛发作时泡一个温暖放松的热水澡；然后"丰富"（Enrich）这个积极体验，多体会一会儿热水、香气与肌肤的触碰；接下来"吸收"（Absorb）这个体验，让这种温暖放松的感觉在体内沉淀下来，这一步尤为重要，如同在意识的花园中种植花朵，其实就是重塑脑回路，并让它不断强大；最后是将这个积极体验与消极体验"联系"（Link）起来，让背痛发作时的痛楚在意识中浮现一会儿，然后放掉它，再让刚刚的积极感受重新回到意识中央，再次深深地拥抱那种温暖和放松的惬意，慢慢将背部疼痛与这种体验联系在一起。有趣的是，这四步的英文首字母连起来刚好是"HEAL"（治愈）这个词。

下次再遇到让你气恼、痛苦的事，就可以主动呼唤出那些正面积极的感受，来治愈自己。

这让我想起电影《音乐之声》（*The Sound of Music*）中家庭教师玛丽亚教孩子们唱的那首歌："玫瑰上的雨滴，小猫的胡须，明亮的铜壶和温暖的羊毛手套，用绳子捆起来的棕色纸包，这些是我最喜欢的东西……当狗咬人，蜜蜂叮人，当我感到悲伤的时候，我就记起我最喜欢的东西，然后，我就不那么难过了。"

感受小确幸，积累小愉悦，竟然可以改变大脑的物理存在，进而改变意识，增进幸福感。幸福真的是一件"小事情"啊。

如果给尴尬一点时间

　　苏格兰巴尔莫勒尔堡，是英国女王伊丽莎白二世的避暑行宫。2022 年 9 月 8 日，她在睡梦中安详去世，享年 96 岁。她是英国历史上在位时间最长的君主，为她的国家服务了整整 70 年。她的葬礼在伦敦威斯敏斯特大教堂举行，这也是她举办登基典礼和婚礼的地方。

　　虽然废除皇室的呼声不绝于耳，但伊丽莎白二世一生都深受英国民众的爱戴。在"二战"后 70 年来的风云变幻和动荡中，在党派政治的角逐和 15 位首相走马灯式的更替中，她成为国民的老祖母，国家稳定和文化凝聚力的化身，给人们带来安抚和信心。她深知自己的一举一动事关国家声誉和民心向背，所以处事非常谨慎稳重，兢兢业业地工作。她每年要参加超过 340 场活动，阅读大量文件，在去世的前两天，还任命了特拉斯成为新首相。她每年的圣诞致辞和在新冠疫情中的致辞总是温暖和满怀希望的。在她登基 60 年时，民调显示其支持率高达 80%。

但是，"Heavy is the head who wears the crown"，欲戴皇冠，必承其重。这 70 年她遇到过很多困难甚至艰难，比如，三个子女先后离婚，闹得满城风雨；儿媳黛安娜去世，报纸用大字标题"告诉我们你在乎"敲打女王；孙子哈利和孙媳梅根投诉王室不公平对待；等等。因为身份特殊，除了身边少数几个人，她恐怕很难找到可以倾诉的人。我想她一定会有委屈和不平吧：孩子们怎么就不能让我省心一点呢？为什么要把私生活抖落到外面去？我这么努力工作，就换来冷嘲热讽？但她是一个善于反思的人，她捕捉到民众的情绪，并且做出回应，找到让王室与时俱进的办法。在大众面前，她的态度永远是"不解释，不抱怨"。一是解释了也不会得到太多理解和同情；二是抱怨于事无补，改变不了什么，毕竟王室有这么多特权，媒体和大众巴不得吃瓜看热闹呢。这种隐忍的背后，是自尊和责任，也有某种无奈吧。

高处不胜寒。看到这样一段话："除了生病以外，你所感受到的痛苦，都是你的价值观带来的，而非真实存在。人世间最大的悲哀，就是这不是我想要的生活，却是我自找的生活，我没有心事可讲，我的心酸都不可告人。"伊丽莎白二世在接受了自己的命运，承诺了自己的使命后，她的心事注定要靠自己消化了。

不抱怨，太难做到了。你知道吗，负面情绪比正面情绪的传染性更强。有一个心理学实验发现，一个房间里，只要有一个人喋喋不休地抱怨，一整屋的人就都开始情绪低落；而如果其中有一个人很快乐，他却不一定能让全屋的人都高兴起来。对于抱怨，我们都是易感人群。

《不抱怨的世界》（*A Complaint Free World*）的作者威尔·鲍温（Will Bowen）于 2006 年发起了"不抱怨"运动，邀请每位参加者戴上紫色手环，只要察觉自己在抱怨，就把手环换到另一只手上，直到这个手环持续戴在同一只手上 21 天为止。全球已有 1000 多万人参加了这一活动。21 天是个神奇的数字，它是人类养成一个习惯需要的周期。正应了那句话：一开始我们养成习惯，后来习惯养成我们。

不抱怨的背后是情绪的节制。跟随女王的摄影师回忆说，她总是面带微笑。女王如此长寿，我想她不是一味地压抑自己的情绪，而是找到了某种化解情绪的方法，比如，她很有幽默感。伦敦奥运会上与"007"的对话，"空降"开幕式，登基 70 周年时和帕丁顿熊一起喝下午茶，从自己的手提包里拿出三明治面包的情形都让人忍俊不禁。有一次她私下去诺福克商店买东西，店员不敢相信自己的眼睛，说："您看起来很像女王。"她轻松地回答说："哦，那我就放心了。"我曾经受邀参加了在伦敦举行的她登基 60 周年的庆祝活动。在她入场之前，主持人"放肆地"调侃道:"我说,这位老年司机,你怎么公然把车开到了警察封闭的道路上?天哪,你的车居然没有车牌(女王的车没有车牌)!我不得不对你罚款!"全场大笑。幽默感和允许别人对自己开玩笑,说明女王知道什么时候应该放松心情,与民同乐。正如她在1991年圣诞致辞时说的:"别把自己太当回事,没有人是完全的智者。"

女王的隐忍功夫也逐渐影响了她的儿孙们。查尔斯国王热爱自然,他有一处叫作海格洛夫的私人农庄。有人说,他不仅自己侍弄蔬菜、果树,还喜欢一个人跟庄稼聊天,这让媒体一顿嘲讽。2009年,我在克拉伦斯宫采访他时,说起这段故事,他不无害羞地自嘲道:"这不算什么坏事,这样的植物尝起来味道更好哦!"说起环保,查尔斯充满热情,他还身体力行,从20世纪80年代起,他就把自己的住所做了节能改造,更新了污水处理系统以回收废物,还安装设备测量碳排放水平。(秋冬季,他在这里宴请客人时,暖气也不开,搞得穿晚礼服的女士们大喊冻死了!)当时,媒体还是继续嘲笑他行为古怪。我问他是否介意,他无奈地笑笑说:"20年前开始这么做,的确比较超前。如果没人嘲笑反而没意思了!"

有这样一段话:"别贪心,你不可能什么都拥有;别灰心,你不可能什么都没有。所愿,所不愿,不如心甘情愿。

所得，所不得，不如心安理得。你以为错过了是遗憾，其实有可能躲过一劫。"

自嘲是一种化解的智慧。

对于自己经历的事情如何解释，采取何种态度，比事件本身更能成为幸福决定性的因素。耶鲁大学的贝卡·利维（Becca Levy）博士花了20多年时间研究态度与衰老的关系。她发现，刻板印象会导致自我实现预言。比如，她给两组老人看屏幕上快速闪现的词语，实验对象其实是来不及看清楚的，但大脑已经在捕捉词义。第一组老人看到的词语是负面的，如衰退、糊涂、疼痛等；第二组老人看到的是正面的词语，如智慧、博学、明智等。结果发现，看到消极词语的老人在随后的记忆测试中表现就不如第二组老人。所以她认为幸福感不是取决于在你身上发生了什么，而是取决于你如何解释在自己身上发生的一切。

比如，有的女生遭遇男友劈腿，她可能这样解释：一、他不喜欢我是因为我没有吸引力，我就知道自己太胖了；二、所有男人都不是好东西，再不能信任他们了；三、我太倒霉了，总是把事情搞砸，也许永远都不可能获得幸福了……这种消极的解释和联想，让人产生深深的无力感，从而加深了事件本身带来的伤害。

演员小佳出生时大脑缺氧，患上神经系统疾病，导致他说话比较费力，走路一瘸一拐的。一个因为身体状况从小受欺负的人，往往会进入受害者思维定式，或愤懑不平，或自怨自怜。别人对于他也往往不知所措，想表示同情又害怕冒犯。在舞台上的小佳打破了这种社交禁忌。

"前一阵子有朋友拍一部励志片，请我去演男主角。它讲了一个体弱多病男孩的成长故事，结局是男孩开了一家公司，娶了心爱的姑娘。太励志了……这种剧情我妈特别爱看，对我说：学学人家，病得这么严重还这么坚强！我说：你的意思是我不够坚强还是病得不够严重？"他说他最害怕被当作弱势群体。一次在机场，被机场管理人员从队伍里叫出来，安排到老幼病残孕的专属窗口。他很不高兴，因为本来已经快排到了！他觉得每一个群体都不止有一种可能性，他就很想演警匪片里的绑匪。他的朋友说："你怎么绑架别人？只能道德绑架吧！"小佳说："我不会道德绑架别人，但也不会被生活所绑架！"

观众放声大笑，那是一种在"我生怕冒犯到你所以小心翼翼不知该拿你怎么办"的局促紧张之后的释怀，是"你太有趣了"的真挚情感。小佳不仅消解了自己的痛苦，也消解了他人的尴尬。

其实，喜剧演员们会刻意练习从缺陷和窘境中寻找笑料。一是说自己的短处比较真实，真实的东西能打动人。二是比较容易拉近与观众的距离，谁都默默地希望拥有一点优越感。三是这些缺陷往往让我们区别于他人，从而更容易体现个性。鸟鸟上台演出时，她局促的模样、低垂的眼神、丧丧的腔调，与那些情绪热烈、音调高亢的演员相比，就很有辨识度。网上刷屏的是她说的那段《武松打虎》："我是一个特别内向的人。遇到一只老虎，我都要想一想是否求救。因为如果求救，那就必须跟别人打招呼。假如武松正好路过，我要想：是叫他武老师还是松哥……武松可能也想：如果我贸然过去，会不会显得我不信任她的能力？好像就我会打老虎似的！老虎也想：为什么突然这么尴尬？是不是我咬人的样子太奇怪了？我就知道我的虎牙长得有问题！"哈哈，真是天下无处不尴尬，都是社恐局中人啊。

其实只要你自己能说出来，尴尬就不再是尴尬。罗永浩说到自己靠直播带货还清债务的"甄嬛（真还）传"，就是把他的创业失败翻转过来，树立了讲诚信的人设。

当然，有时候自嘲不仅仅是化解自己的尴尬，而是指出一种社会的尴尬，让大家在哈哈大笑中有所察觉，有所改变。

小鹿是位律师。当她"乱撞"成了演员，并以此作为自己的职业时，父母和周围的人都吃了一惊。我去看了她大火的专场《女儿红》。从她犀利睿智的舞台风格，能看出律师睿智的底色，以及对不公正的敏感。她直面月经羞耻这样的社会话题，道出女性的切肤之痛，让现场的女性很有共鸣：第一次月经来潮时的惶恐，体育课上的众目睽睽，花木兰从军时如何解决草木灰的问题……在一次次的笑声里，尴尬和羞耻被瓦解了，转化为我们对性别差异的了解和接纳。就连现场的男生们，也在恍然大悟中笑得很开心。女儿红，不脸红，这个敏，脱得好。

万物的诗意

　　草原可真大呀！从通辽的稀树草原到科尔沁杭盖草原，从阿尔山的山地草场到呼伦贝尔一望无际的绿色海洋，每天行车五六小时，都始终在内蒙古大草原的怀抱里。我打开车窗，任凭微冷的秋风带着青草与野花的清香扑面而来。近处是淙淙的流水和洁白的羊群，远处是放马人粗犷的歌声和马群奔腾的蹄声，心胸豁然开阔，精神也为之一爽。

　　当地的朋友说起近期在这里发生的事情：有一位来自南方城市的年轻人，因为感情受挫，产生了厌世的念头。在计划了结自己的生命之前，他最后的愿望是来草原看一看。他在草原漫无目的地游走，辽阔的草原似乎接纳了他的一切。终于有一天，他趴在草地上痛哭了一场，心头郁结的委屈被释放出来，放弃了自杀的想法。他说："草原这么大，我的痛苦比不过它。"

　　在大自然里寻找人类精神危机的出路，不是个案。美国作家梭罗（Henry David Thoreau）说："人类的救赎寓于荒野。"他离开城市，在瓦尔登湖边的森林里独自居住了3年，体会自然的韵律和自给自足的生活，写下与自然、与心灵的对话。

英国作家理查德·梅比（Richard Mabey）患了忧郁症，身心濒临崩溃。他卖掉老宅，搬到遥远的沼泽地带定居，开始了他的自然疗法。他把生活的必需品降到最少，一张床，一把椅子，一只碗，都有其价值。东西不多，却是心爱之物，有些还是他亲自打造的。每天他出门散步、看鸟、摘果子。他穿过树林，走过沼泽，看水獭留在河边的脚印，还有仓鸮休憩的木桩。一开始，仅仅蹲在地上20秒，就足以让他气喘吁吁。但慢慢地，他的呼吸顺畅起来，原本麻木的感官敏锐起来，甚至可以听见蜜蜂的振翅，尝到芦苇尖的甜香。当然，他也要接受自然的考验，在冬日的寒风里，用旧枕头堵住烟囱，用垃圾袋揉成团塞在地板缝里。他认识到，生活在自然里，就要接受人类无法掌控的部分，感受季节的变化，寒来暑往，秋收冬藏。同样，他接受自然的多样性，从那些顽强生存的动物与植物身上，体会到生命的不屈不挠，和万物共生的和谐。他说，在自然里，我们放下傲慢，开放感官，学会安静地敬重和欣赏。

法国电影导演雅克·贝汉（Jacques Perrin）的纪录片《迁徙的鸟》（*Le peuple migrateur*）是享誉全球的经典纪录片。它以诗意的镜头、美妙的音乐和高雅的文字，带来自然主义和人文主义的完美结合。看到大雁振翅飞过皑皑雪山，折断翅膀的鸟儿被蟹群包围，被渔网捆住脚时的挣扎，和失去孩子的企鹅仰天哀鸣……我们的内心跌宕起伏，被鸟儿的命运牵动。我在戛纳电影节和北京电影节两次与他深入交谈。他儒雅谦虚，但只要说起大自然，就充满激情。"鸟的迁徙是一个关于承诺的故事，一个对归来的承诺。虽然经历数千公里的旅程，面对重重挑战，也要不停地飞翔，这是生命的召唤。"为了拍摄这部纪录片，他历时4年，动用600多人，足迹遍及50多个国家和地区，动用了一批优秀的飞行员，并开先河地在鸟的身上安装了摄像头。"对我来说，美好的情感是唯一重要的东西，人类不可能离开大自然孤单地活在地球上。"

博物学家爱德华·威尔逊（Edward O. Wilson）有一个理论，叫作"亲生命性"，说的是人类会本能地对其他物种普遍存在亲近感。可能正因为如此，人类在大自然中看见自己的局限，从而不会无限放大自己的痛苦；也在大自然里发现生生不息的律动，让自己与一种更伟大的力量联结。

我的老朋友，野生动物摄影家奚志农创建了"野性中国"公益机构，致力用影像的方式唤醒人们对自然的情感，传播和推广保护自然的理念。他们采用"平等视角"，展现拍摄对象的个体特征，体现对个体生命的观察与尊重。镜头里缅北金丝猴低垂着长长的睫毛，苍茫雪原中一群鲜绿色的大紫胸鹦鹉在松林间舞蹈，还有察隅县"中国第一高树"云南黄果冷杉的等身照，它由160多张不同高度的照片拼接合成，展现了这棵83.4米的"巨人树"的全貌与细节，令人叹为观止。

天地有大美而不言。自然不仅给人类提供生存的环境，也在启迪我们的灵性。道法自然、天人合一的理念，对中国人而言，格外亲切。许倬云先生在《中国文化的精神》一书中说："中国文化，是以农业生产和农村聚落为基础的文明系统。"他还说过："天人合一，尊重自然，是中国人的民族性。"这句话言简意赅，可以作为我们理解中国文化的基础。

早在新石器时代，中国就发展出了自成体系的农耕文化，定居也比较稳固了。2021年，在国家博物馆有一个关于"上山文化"的展览，展出了距今已经有 万年的碳化稻米，这是迄今所知，世界上最早的稻作农业遗存。

在文明如此早期的阶段，就能进行有规模的耕种，必然包含着中国人对自然，特别是对季节变化周期深刻的了解。具体反映在什么方面呢？就是中国人对历法的精准制定和熟练掌握。我们的祖先会记载和总结每个月的天象，比如，某个星座在天空什么位置；还包括气象，比如，是寒冷结冰，还是多雨温暖；此外还有物候，什么作物开始生长了，什么植物开花了，燕子来了，鸿雁去了，水獭开始抓鱼了；等等。

关于天象、气象、物候的记录，有一段典型的描述记录在《诗经·豳风》中的《七月》："五月斯螽动股，六月莎鸡振羽，七月在野，八月在宇，九月在户，十月蟋蟀入我床下。"斯螽就是蝗虫，莎鸡就是蝈蝈。"动股"就是蝗虫用大腿摩擦翅膀发出声响，"振羽"就是蝈蝈鼓动翅膀而发声。古人是能够区分蟋蟀在不同月份的叫声的。七月蟋蟀在田野，八月来到屋檐下，随着天气越来越凉，九月就进到门户中，十月呢，就钻到床下了。

古人为什么这么关注小小蟋蟀的变化呢？除了它的鸣叫声响亮，更主要的，是因为蟋蟀是庄稼作物的敌人。大概只有以农业生产为主要基础的文明，才会留意到这么微小的昆虫，留意它在一年四季时序流转中的变化。虽然它是害虫，也不妨碍它成为被审美的对象，出现在文学作品里。

中国的历法是阴阳合历，不是单纯的阴历，也不是单纯的阳历，而是同时结合太阳和月亮的运行周期共同制定的。

"春雨惊春清谷天，夏满芒夏暑相连，秋处露秋寒霜降，冬雪雪冬小大寒。"你小时候是不是也背过《二十四节气歌》？要知道，古人安排二十四节气有四项原则，包含了季节、气温、降水、物候与农活。比如，"四立""两至""两分"，这都是和季节有关的。和气温有关的，是小暑、大暑、处暑、白露、寒露、霜降、小寒、大寒。和降水有关的呢，是雨水、谷雨、小雪、大雪。和物候与农活有关的，是惊蛰、清明、小满、芒种。二十四节气的设置提醒我们，生活方式要顺应大自然的时序。而对生活在城市里的现代人来说，农耕和自然已经变得十分遥远，只要你愿意，一年四季都可以开空调，想吃什么季节的水果蔬菜都可以随时买到。我们的物质条件确实优越了许多，可是，对自然的感知力也被一点点地消磨掉了，我们与大自然失去了联结。有一个现象，那就是过敏的人越来越多了。这实际上与我们接触无害的微生物的机会减少有关。小时候，我们没有那么多现成的玩具，玩泥巴就是孩子们的游戏。种花、拔草、做弹弓泥丸、挖"马几猴"（知了的幼虫）……身边还有不少宠物：鸡呀，鸭呀，小蛤蟆，大蝈蝈……正是自然和宠物携带的无害微生物充当了人类免疫系统的陪练，帮助它变得更加强大。而现在的孩子们，与自然的接触减少了，环境太洁净了，很少有玩泥巴的机会了……

老子说，天地不仁，以万物为刍狗。大自然有自身的运行规律，水火无情，它不会为人的命运和感受着想，也不承担因果报应的责任，诸如为冤屈者六月飞雪或带给造孽者天雷轰顶的惩戒。但大自然自有它的温柔。

庄子在《逍遥游》中描绘了一种纵横天地的自由："北冥有鱼，其名为鲲。鲲之大，不知其几千里也……"他看到自然中众生平等，各有各的生存方式：一棵树的树干疙疙瘩瘩的，不符合绳墨取直的要求，不能用来造房子。它的树枝弯弯扭扭，也不适应尺规取材的需要，没法来打造家具。它长在路边，木匠走过都不看它一眼，因为它没有用。庄子却说："何不树之于无何有之乡，广莫之野，彷徨乎无为其侧，逍遥乎寝卧其下。不夭斤斧，物无害者，无所可用，安所困苦哉！"为什么不把它种在虚无之乡，广阔无边的原野，随意地徘徊在它的旁边，逍遥自在地躺在它的下边睡觉呢？这样大树就不会遭到斧头的砍伐，也没有什么东西会伤害它。因为它看上去没有什么用处，所以也就不会有什么困苦。

庄子过着常人难以忍受的贫穷生活，却还可以逍遥快乐。因为他"独与天地精神往来，而不敖倪于万物"，他的思想超脱了世俗，合乎天地化育的力量，所以不在意世人能不能理解他；同时，他也不轻视任何一样事物，不质问别人的是非，也不去评判，所以能与世俗相处。

《庄子·知北游》里有这么一个故事。有个叫东郭子的人请教庄子：道在哪里呢？庄子说：道无所不在。东郭子不满意这个答案，说：一定要说出个地方才可以。于是，庄子说：在蝼蚁中。东郭子很惊讶，说：为什么如此卑微呢？庄子接着说：在杂草中。东郭子更惊讶了：怎么就更加卑微了呢？庄子说：在瓦块中。东郭子说：怎么越说越卑微了？庄子说：在屎尿中。东郭子不出声了。庄子说：你的问题，就是没有触及实质。越是从低微的事物上推求，越能看清"道"的真实存在。

这是庄子论道的精彩桥段。万物皆有道，道超越万物又体现在万物当中，所谓的"一沙一世界，一花一天堂"就是这个道理。从哲学概念上来分辨，就是道既具有"内存性"，又具有"超越性"。道是看不见的，但是"道生一，一生二，二生三，三生万物"，道又是无所不在的，它存在于一切之中，它产生万物，而不离开万物，这就是道的内存性。

道还有超越性。庄子说，道是"自本自根，未有天地，自古以固存"，也就是说，我们从道中而来，又将回到道中。明白了这一点，其实就跨越了生死的界限。我们都有一种超越生死、超越有限的可能性。这大概就是为什么，大自然能给我们的生命带来慰藉和启发。

中国人自古以来追求的，就是和谐与平衡，不执着于消灭某一股力量或因素，也不认为哪一方是绝对正确或错误。比如，阴和阳，并不是二元对立，而是彼此交融、调和，然后产生新的生命。

五行的观念也是基于同样的基础，木、火、土、金、水，依次相生，间隔相克，就更是源于日常生活的启发。木生火，火生土，土生金，金生水，水生木，木克土，土克水，水克火，火克金，金克木，相生相克，循环不止。

古人正是用这五个概念来理解世界运行的方式，并且把"阴阳五行说"全息投射到了自己生活的方方面面，如饮食、中医、风水，等等。

《黄帝内经》就把五行与五脏对应起来，木、火、土、金、水对应着肝、心、脾、肺、肾，还对应着五种特性，温、热、平、凉、寒。食材和药材，在中医那里，都是要配合使用，才能显出功效。中国人形成"医药同源"的观念，我们吃进去的，无论是药还是饭，都将影响身体的运行，人与自然融合在一起。中国人寻求自身与环境的平衡。它不是一成不变的，而是动态平衡的。这成为我们一套自洽的世界秩序与评价体系，安顿了中国人的内心。

优秀的设计师善于从自然中汲取灵感，应用于生活，营造自洽的环境。苏州园林便以曲径通幽的方式，将山水的灵秀与人文的璀璨融入一处。它的疏密有致宛若音乐的节拍，取景造物又蕴藏精妙的哲思，难怪乾隆帝欣然留下"真趣"的御笔。

当代建筑师们也得此真意，营造对心灵具有启发性的意境。建筑设计师姚仁喜先生设计了台湾的农禅寺水月道场，取镜花水月的意境。他采用了当代的建筑样式，让清水混凝土的主建筑，坐落在一方开阔清浅的水池边。在朝阳的墙体上，镂空刻着一部《金刚经》。每天，从清晨到黄昏，太阳东升西降，阳光就把这部佛经映射在寺庙内部对应的墙面上。经文缓缓移动，仿佛有一只无形的手在转动经筒。许多人在这样空灵的环境里只需安静地坐着，就可以体会天地的包容和生命的力量，从而多了一份生活下去的勇气。

开了一天的车，傍晚，在科尔沁草原的蒙古包里，我和蒙古族朋友载歌载舞。趁着微醺，我写下当时的感受："起伏的群山是大地的呼吸；升腾的云朵是天空的呼吸；长风吹起，是祖先的呼吸；野花烂漫，是爱人的呼吸。天地万物气息相通，草原与我不可分离。喜悦时你伴我同醉，失落时你陪我哭泣。远隔万里，你温暖我的夜晚；时光千年，你点燃我的黎明。"后来当地的朋友把它作为歌词请青年作曲家侯强先生进行谱曲，著名音乐人腾格尔演唱录制。因为写于科尔沁草原，取名为《科尔沁之恋》。

让时光也放慢脚步，这就是草原的温柔。

第三章

自我成就：

知行合一，
能谋事，也能成事

Chapter 3
Accomplishment

Happiness Quotient

既然我们注定闲不下来

"妈妈，我好无聊啊，做什么好呢？"

因为是独生子女，我小时候常常没有玩伴儿。父母又总是伏案工作，没时间陪我。看着有限的几件玩具，我实在不知该干点什么，于是发出这样的哀叹。现在想起来，那就是无聊了。

如果无聊可以自我介绍，那它的故事还真是有的聊。疫情防控期间，意大利进行了一项调查，询问人们在隔离期间的感受。结果显示，人们最大的苦恼，第一是失去出行自由，第二就是无聊了。英国 2009 年就发起过一项针对无聊的调查，发现普通英国人每周有 6 小时的时间会感到无聊。在评论这项调查时，有人质疑，每周无聊的时间只有 6 小时吗？那他们每周看电视的时间长达 30 小时，其中居然有 24 小时的节目不无聊吗？哈哈。

什么是无聊呢？有人把它解释为内心对目标感的需求。用一句话说，就是"无聊是一种对欲望的渴望"。

就连动物也无法承受太多的无聊。有一种鸟叫黑面织布鸟。它能灵巧地用草叶编织出美观又结实的鸟窝，而且只需要一天左右的时间。但是它常常会把建好的巢亲手毁掉，一根一根地把材料拔出来。曾经有人观察到一只织布鸟建造了 160 个巢，最终摧毁了其中的 158 个！而科学家的解释是，它这样做是为了消耗多余的能量，它实在不能忍受无所事事的生活！

看似无聊的工作有可能激励人们去改变和创新。比如，一个叫作汉弗莱·波特的 18 世纪的工人，每天的工作是在某个时间点打开蒸汽机的阀门 A，到了另一个时间点关掉阀门 B。他实在被这项枯燥的工作烦到了，就发明了一个溜索来替自己开关阀门。这个发明后来成了蒸汽机的制动片。

著名思想家伯特兰·罗素（Bertrand Arthur William Russell）曾经这样讨论无聊和工作：

"工作让人幸福，还是让人不幸福？这是个问题。的确，有很多工作非常烦人，而过量的工作又总是令人痛苦。不过我想，对于大多数人来说，只要工作不过量，哪怕再无聊也总比无所事事容易忍受。按照工作性质和工作者的能力不同，工作可以被区分为多种层级，从最简单的解闷，到最深切的快慰。大多数人必须要做的工作本身没什么意思，但即便如此，它也有很大益处。首先，用不着自己决定做什么就能占用掉一天里的大量时间。……人为了避免无聊是愿意工作的。……另一个好处是，工作让假期变得格外美妙。但凡工作还没有繁重到耗尽了活力，一个有工作的人在业余时间肯定会比一个闲人更有兴致。"

　　工作的意义仅仅在于打发无聊吗？当然不是。人们试图用多种方式解释工作这件事：对于大多数人来说，只有工作，才能有收入维持生活，工作是谋生的必要手段；法国数学家古斯塔夫·科里奥利（Coriolis, Gustave Gaspard de）把工作描述为"做功——能量转移"（物理中"做功"这个词就是 work）；也有人从热力学定律"熵增"（熵指混乱无序的程度）出发，把它形容成"熵减"，即我们人类力图在混乱中找到秩序和确定性；人类学家詹姆斯·苏兹曼（James Suzman）在《工作的意义：从史前到未来的人类变革》（*Work: A History of How We Spend Our Time*）中写道，"从根本上说，所谓工作，终究是一个能量交换过程"；还有一种解释是，人类在满足了基本生存需求之后，对比别人的生活产生的攀比和嫉妒，即"相对稀缺"才是鞭策当代人不断工作的内驱力；作家阿兰·德波顿（Alain de Botton）从哲学的角度认为，工作其实是将我们对时间的感知，对于死亡潜在的焦虑感，安置在一些可以把控的小目标上……看来，工作的意义还真够丰富的。

工作更与自尊和社会认同有关。在印度历史上曾有一位国王，做了件匪夷所思的事。他看到巨大的自然灾害，让很多人失去了谋生的手段，于是他下令建造一座城池。他白天雇人搭建，晚上再雇人把它拆掉，周而复始。众人不解。国王说，这样白天和夜晚工作的人都能有一份工作，不会因为接受救济而感到自卑。

工作是必要的。但是人们对于工作的态度千差万别。盖洛普公司在 2014、2015、2016 年全球 155 个国家收集的数据表明，只有 15% 的人热爱自己的工作并敬业地投入其中，三分之二的人并不喜欢自己的工作但是可以敬业地工作，还有 18% 的人连敬业都做不到，工作时间就是在混日子。为什么我们越来越难以在工作中找到意义和快乐？这不得不说说生产力的几次革命。

人类从狩猎采集的生存方式过渡到农业社会，为了获得更为确定的粮食，情愿以辛勤的劳作作为交换。只要没有太大的灾荒和战乱，这种人与自然的交换就会有序地进行，维持着繁衍生息。农人汗滴禾下土，土地也不负人，用收成回报人们的劳作。那时的人们看得见自己的劳动成果，在收获之时充满了满足感，与天地自然有着深厚的共生关系。

但到了工业革命时期，人们从土地上脱离出来，或者说是割断了与土地的联系。为了更高的效率和利润，大多数工人不得不忍受流水线上机械性的重复工作，接受严格的审核和监督，甚至看不到自己参与其中的产品的全貌，这让他们对自己的工作产生极大的不满。劳动的价值和应得的回报不再那么显而易见。

马克斯·韦伯（Max Weber）曾经说："中世纪的农民因为感到自己完成了人生这个有机的圆环，而带着对人生的满足感离开人世。而现代人无法达到这一点，他们只能带着对人生的厌倦感离开人世。"

到了智能生产时代，机器不仅替代人们的体力劳动，甚至威胁脑力劳动，自动化浪潮加剧了工人的不安全感。工作中的人际交流也大大降低，缺少情感的联结。ChatGPT 横空出世，让大量研究、策划、采访、撰稿、设计、编程的工作受到威胁，甚至让人有一种不再被需要的羞辱感。Midjourney、Stable Diffusion 等图像和视频生成软件，让负责创意工作的艺术家和设计师们也感受到阵阵寒意。2023 年 5 月，美国编剧协会举行了"作家罢工"，抗议流媒体和以 ChatGPT 为代表的生成式人工智能对作家收入的影响。他们的一个核心诉求是限制人工智能的使用，只能将之用于研究和编辑任务，而不应被用于原创性的工作。但两者的差别如何确定呢？标准又如何制定呢？有人说，让机器打工，人们可以去过更加休闲的日子，比如，欣赏音乐和艺术，或有更多的时间陪伴家人。我对此持怀疑态度。更大的可能是，我们为更激烈的竞争而感到焦虑，为自己可以被机器替代而感到痛苦。因为这是有先例可循的。

经济学家凯恩斯（John Maynard Keynes）在 1930 年做过一个预测，说到了 21 世纪初，资本的积累、生产力的提高和技术的进步能让人的基本需求得到满足，所以人们每周平均工作时间不会超过 15 小时。你可能已经无奈地笑了。我们现在每周的工作时间不仅平均在 40 小时左右，在一系列即时通信工具的帮助下，我们几乎进入了 24 小时待机的状态。

人类学家大卫·格雷伯（David Graeber）在 2018 年出版了一本书《毫无意义的工作》（*Bullshit Jobs: A Theory*）。这本书起源于他在 2013 年写的一篇小文章，题目是《论狗屁工作现象》。这篇文章刊出之后迅速如病毒一般蔓延开来。这说明，"狗屁工作"现象得到了很多人的共鸣。有民调公司跟进调查，发现在英国，有 37% 的人认为自己的工作对这个世界毫无意义。在荷兰，这个数字是 40%。

格雷伯在文章中写道："人们有太多问题可以问。比如，我们的社会似乎对才华横溢的诗人、音乐家没什么需求，而对专攻公司法的专业人士有着无穷无尽的需求。……倘若世界上大部分可支配的财富掌握在 1% 的人手中，那么我们所说的'市场'反映的不过是这 1% 的人的喜好，而不是其他人的需求。"

他认为，正是因为制度的缺陷，使得工作没有带来应有的幸福感。他写道："一个人若是在内心深处知晓自己的工作毫无存在的必要性，那还谈什么工作的尊严？心中的愤怒和憎恨怎么可能不汹涌？……显然，这个体系并不是有意识地设计出来的，而是在将近 100 年的试错中逐渐形成的。这是唯一用来解释为什么技术水平提高了这么多，我们大部分人的每日工作时间还是远超三四小时的答案。"

与格雷伯愤世嫉俗地对制度的批判不同，心理学家马丁·塞利格曼教授从心理学角度分析了工作对情绪的影响。他认为，在各种职业中，以下三个因素常常导致不快乐：悲观、有责无权和非赢即输。白热化的竞争，赢者通吃的环境，都会增加焦虑和不安。他发现，在美国，律师行业的整体幸福感较低，可能是因为他们不得不从最坏的情况出发做出假设，而工作的结果又常常是零和游戏。要改变这种状况，他建议律师事务所要发现并发挥不同员工的优势，突出团队合作，以实现共同的获得感。

有的人能够主动寻找工作的意义和乐趣。王计兵，一位"外卖老哥"。初中辍学的他，在打工期间迷上了文学。他对文学的痴迷曾引起父亲的反感，把他 20 万字的手稿付之一炬……因为送外卖，他每天与不同的人打交道，他觉得自己"仿佛置身于一间透明的房子，视野更加开阔，以前认为不可能的，或是认为是坏的事情，竟有完全不同的另一面"。就这样，每一笔外卖订单，都成为他诗歌的素材，他的文字朴素而情感饱满。送外卖5年，他写了4000多首诗。他笨拙地爱着这个世界，曾写道："出餐之前 / 有一段时间属于诗歌 / 仿佛外卖里的调料 / 有时偏咸，有时偏辣……这些年，我已习惯了 / 一份份戛然而止的作品 / 仿佛外卖被取消订单。"

几乎各国的人力资源专家都指出，帮助员工找到工作的意义，并且营造人性化的工作环境，已经成为企业文化的重要组成部分和吸引人才的必备因素。北师大心理学院张西超教授长期致力于职场幸福感的研究。根据全国最大的员工心理健康数据库，在中国企业中，60%的员工面临压力的困扰，40%的人在工作中缺乏活力，11.9%的员工对工作不满意，还有2.1%的员工有较高抑郁倾向。为此，他积极推广"员工协助计划"（EAP: Employee Assistance Program），并认为员工的幸福感与敬业度及工作热情、效率也有很大关系。一个企业的"快乐竞争力"可以使组织的生产率平均提高31%，医生的正确诊疗率提高19%。他发现，大多数企业往往只关心员工的物质回报与激励，但其实在人际交往、尊重、自我实现等精神层次的需求更要去满足。

看到这样一则新闻：记者采访一位抱着孩子的妇女，问她最喜欢带孩子去哪里就餐。这位母亲说出了一个快餐店的名字，并解释说，她之所以带孩子去那里，不仅因为食物可口，还因为那里的厕所很干净。一时间，到这家快餐店应聘的保洁员多了起来。平凡的工作被赋予了情感和社会价值，工作就显得更有吸引力。

那些以创新为生命的企业更注重员工的情绪价值。谷歌、特斯拉等企业试图打造主题公园式的工作环境，让枯燥的工作变得更有探索和游戏的乐趣。他们甚至把餐厅和宿舍引入工作场景。当然，这也引起新的吐槽：当办公室成了家，家也就成了办公室，那么，员工也就可以24小时工作了……不论是不是所有员工都对此买账，但是起码有越来越多的公司理解到，只有给予员工足够的尊重，提供温暖有趣的工作环境，才能最大限度激发工作效率和创造性。

工作，占据了现代人大量的时间。是工作需要我们，还是我们需要工作？不错，工作带来收入，维持我们和家庭成员的基本生存，它也带来社会认同感、成功和地位，带来友谊或怨恨（取决于你和上下级、同事们的关系）以及自我价值的实现。失业对人的影响不仅是财务上的不安全感，也是社交中的自卑和精神上的无力感。"躺平"和"内卷"是一枚硬币的两面，其实都是内在驱动力的减弱，和为了满足他人期待的深深疲倦。工作是我们与环境的能量交换，它也是我们与幸福之间的联结，它的价值既有经济层面的，也有情绪层面的。如果我们从工作中找到乐趣，那么它就不是单纯的付出，而是让我们从中获得能量和快乐。适度的工作，对于我们的身心是有益的；找到工作的意义，更对获得幸福意义非凡。

我发现，那些热爱自己的工作的人，不是被工作推着走，而是推着工作走。

作家刘震云说，他的工作可不是从动笔时才开始的。写作的前提是观察和认知，只有有了新的认知，才动笔。所以，不动笔的时候，往往是最重要的工作。"有一次在法国卢浮宫旁边的一座桥上，我看见一位女士就在那儿忘情地哭，哭得特别伤心。我不知道她在哭什么，但感觉她对这个世界产生了特别深刻的、不可调和的心事和情绪，好像全世界都不存在了。"他说。正是这样的一些人、一些场景，让他对人性和其环境产生更多的思考。

刘震云写《一日三秋》，以笑话为线索，把人物、土地、神灵、传说、历史串联起来，诉说了生命的悲苦与荒谬，也有善良和温暖的底色。那么深的执着和那么久的等待，没有什么不能用一个笑话化解……《一句顶一万句》《温故一九四二》《故乡天下黄花》，他用一部部作品勾勒出一个世界，把老家河南延津那片土地上的众生描摹出来。"对作品里的人物是理解的、同情的，对读者是平等的，还要对得起自己。不占别人的便宜，也不占自己的便宜。比如，我写了《一地鸡毛》，再写《一地鸭毛》，就是占自己的便宜。占自己的便宜最得意忘形，久而久之形成习惯，创作的路数、话术都一样，作为一名作者而言也就走不远了。"

过去唱戏的人说，一天不练自己知道，两天不练师父知道，三天不练观众知道。这"自己知道"就是提醒不要占自己的便宜。很多人认为艺术家的工作富有创造性，不枯燥，但实际上，如果没有基本功的刻意练习，没有勤奋与自律，也就没有舞台上的游刃有余。

大约十年前，我在北京主持多明戈（Placido Domingo）先生和学生们的演唱会。演出前一天，主办方宴请主要演员。席间，众星捧月，大家都向多明戈先生敬酒。但我注意到多明戈吃得不多，酒杯端起来，却并不喝。到了彩排时间，他礼貌地向主人告辞。"这些曲子都是您唱了一辈子的，恐怕睡梦里都不会唱错，真的需要排练吗？"主人问。

"但我可不想在舞台上出什么差错啊！毕竟，一次灾难足以抹杀一千次成功。而且我要早点睡，不然我的声带会发脾气的。"多明戈眨了眨眼笑着说。

如果一个人热爱自己的工作，他就会以高度自律珍惜每一次机会。因为他知道，创造性靠的并非心血来潮，而是多年工作的积累和不断的思考领悟带来的一份礼物。工作的价值已经内化为他生活的一部分。

荷尔德林说："生命充满了劳绩，但还诗意地栖居于土地之上。"伯特兰·罗素也说："真正令人满意的幸福总是伴随着充分发挥自身才能来改变世界。"人类有着一双闲不下来的手和一个不安分的大脑，我们总要找些事做，只有当工作能实现自身潜能，并能与他人产生联结的时候，工作的意义才真正显现出来。

风物长宜放眼量

　　积极心理学家把"成就感"列为幸福的五大支柱之一。它不是财富和名气的代名词，而是意味着通过努力获得的价值感和自我肯定。

　　我的工作成就感，很大程度上来自作为访谈节目主持人的不断提问中。我们每个人小时候都有问不完的问题，随着成年，进入社会，这种能力不知不觉中退化了。有时是因为长辈说："别胡思乱想！"有时是上司凌厉的眼神："你难道要挑战我的权威吗？"也可能是朋友善意的劝诫："问了也改变不了什么，又不会因此多挣一块钱。"慢慢地，我们懒得去问，甚至懒得去想。

　　为什么要提问？明辨始于善问。法国启蒙主义思想家伏尔泰（Voltaire）说："我用来判断一个人的，是他提出的问题，而不是他给予的答案。"爱因斯坦说："一个人提问的能力比回答的能力更重要。"思考和研究，往往从提出一个关键的问题开始。

进入传媒行业，我成为一个以提问为生的人。在 33 年的职业生涯中，我采访过数千人，问过的问题数以万计。我养成了一个习惯，每次做专访前阅读一二十万字的资料，力争让提问能给观众带来更真、更新鲜、更深入的信息。而在这个过程中，我的阅读面、认知面也极大地拓展了，这让我的思维保持活跃，对新鲜事物也比较敏感。

2016 年，我制作纪录片《探寻人工智能》时，最感兴趣的是机器如何帮助我们理解人的智能。我曾经问数学教授丘成桐先生，人的智能与机器智能最大的区别是什么？他说，机器擅长给出答案，但人更善于提问。我说，机器也可以提问啊！他说，机器可以问出千万个问题，但它不知道哪个问题最重要。提问就是我们与自我、与他人、与外界的有效互动，它驱动新认知的持续生成，丰富思维模式，帮助人们做出更明智的判断和选择。

提问不仅能打开眼界，增长知识，也有助于保持开放的头脑和自察的能力。胡适先生说："教育是给人戴一副有光的眼镜，能明白观察；不是给人穿一件锦绣的衣服，在人前夸耀。"

我曾采访诺贝尔经济学奖得主丹尼尔·卡尼曼，他的《思考，快与慢》，告诉我们人类非理性的起源，以及认知和判断的局限性与偏差，比如，厌恶损失、锚定效应、乐观偏见、幸存者偏差等，多达几十种。人类常常受到各种偏见的困扰，先入为主，用一套预设的理论，去寻找印证它的事实，而不愿去倾听其他意见，不愿核实事实本身，不愿深度思考。这让我想起，在日本京都的金阁寺有一个枯山水花园，里面有十五块大石头。设计者有意安排，无论从哪个角度观察，最多只能找到十四块石头。它的寓意是，人都有盲点，所以要保持谦逊，警惕自以为是。

提问也有助于保持独立思考，警惕舆论场中不包容和非人化的倾向。在西方，有对中国人的刻板印象，这是我在三次参加申奥的过程中深有体会并努力去打破的。那么从中国人的角度看，我们对外部世界有哪些刻板印象？在我们中间，有哪些对不同性别、不同地域、不同理念的人的刻板印象？社交媒体时代，信息茧房和机器算法不断强化各种标签和偏见，信息真伪难辨，舆论很容易被操纵和扭曲，匿名状态下情绪的肆意宣泄，加重了不宽容的激烈程度，有时甚至可以夺人性命。有勇气探究事实，察觉偏见，不人云亦云，不以语言暴力对待持不同意见的人，应该是当代网络文明的重要标志。

提问需要设身处地，换位思考，它帮助我从人性的角度去理解这个世界。我的传媒工作很大程度上是讲人的故事，无论是国家元首、专家学者、商业精英还是普通人，无论他从事什么行业，人的情感是相通的。我的访谈就是希望从人性出发，帮助我的观众找到一个重要事件背后真正的动因，从个体视角解读宏观叙事。

2012 年，我曾采访中国首位女宇航员刘洋，给我印象最深的是她讲到对幸福的体验。她说，当她从太空回到陆地上，第一次用流动的水洗手，水哗哗地冲在手上，她久久不愿离去，那感觉是多么美妙；能迈动自己的双脚，脚踏实地地走，不用飘来飘去，是多么幸福；听到有人用母语呼唤她，那久别重逢的感觉，让她忍不住流下热泪。

共情的能力不仅是"己所不欲，勿施于人"，也是"己所欲，不妄施于人"。诺贝尔经济学奖获得者、《贫穷的本质：我们为什么摆脱不了贫穷》（*Poor Economics: A Radical Rethinking of the Way to Fight Global Poverty*）作者之一阿比吉特·班纳吉（Abhijit V. Banerjee）教授参加了我主持的《文化相对论》。他分享了一个故事："一个摩洛哥男人生活极端贫困，常常忍饥挨饿。但出乎意料的是，他在个人温饱还没有解决的情况下，却用救济他的钱买了一台电视机。大部分人的反应是：看电视怎么能比填饱肚子更重要呢？但是你只要站在他的角度就可以理解，因为他的生活乏善可陈，如果能和三五好友聚在一起看一场球赛，便是人生乐事。所以，扶贫一定要重视穷人的选择和他的尊严。"

让我更难忘的是采访诺贝尔物理学奖获得者崔琦。他出生在河南贫困的农民家庭，童年时有慈善机构提供了一个读书的机会。他的母亲用家中仅剩的面粉做了几个馒头塞进他的行囊，安慰他等麦子熟了，就可以放假回家。但是接连不断的战乱和动荡使得他们从此天各一方，而他的父母都在大饥荒中饿死了。我问崔琦如果当年母亲没有坚持送他上学，后来的崔琦会怎样。我期待着"知识改变命运"之类的感想，但他沉吟了一下，回答说："我宁可当时留在家中成为一个不识字的农民。因为那样，也许我的父母不至于饿死。"

提问有助于我们做出人生的选择。这个世界发展太快了，潮流更迭太快了，各种风口之说和成功学传说扰乱我们的心情，蒙蔽我们的眼睛，鼓动我们的投机心理。我们需要有更长远的眼光，去发现趋势和方向。方向有了，虽远必达。人生是由一次次选择组成的轨迹，方向感决定了选择的标准。罗伯特·弗罗斯特（Robert Frost）有一首诗《未选择的路》（*The Road Not Taken*），讲的是林中有两条岔路，选择一条路的同时必然失去其他的可能性，甚至永远不知道错过了什么。诗人决定去选择那条足迹较少的道路，为什么？他没说，但我能理解。

在我主持《正大综艺》四年后，我决定辞职留学，去见识一个更大的世界；毕业后回国，创立中国第一个深度访谈电视节目《杨澜访谈录》；千禧年创业，成立阳光媒体集团；几年前开始做天下女人研习社，助力女性终身学习；从《探寻人工智能》到非遗焕新项目《新生万物》，从文旅实景演出到沉浸式数字艺术空间……每一个重要的决定，都有风险，不是因为有什么神机妙算，更没有成功的把握，实际上，这一路都是跌跌撞撞，充满汗水和泪水的。困难的时候，我不断自问：还要继续做下去吗？值得吗？我发现，最靠得住的，还是发自内心的热爱和对大趋势的判断。我相信，中国与世界，需要开放、对话、沟通；当代与传统，需要被重新发现，并赋予新生；科技与艺术，需要彼此融合，推动向善的创造力。身为传媒人，就是一座桥梁、一种催化剂，去连接，并在连接中焕新。

提问不仅是向外的，也是向内的。允许自己走弯路，允许自己失败，把它看作另一种学习的过程，把心态放平，从不起眼的小事做起，相信时间会让意义慢慢显现。面对未知，问自己：如果输了，代价是否承受得起？如果是的，那就勇敢去尝试。毕竟，不敢经历失败的青春才是最失败的。

丰子恺说："心小了，所有的小事就大了；心大了，所有的大事都小了。"我认为，心是随我们的视野而开阔的。读万卷书，行万里路，阅万种人生。我还将继续提问下去，因为对世界的好奇，也因为人生的无限可能。

失败，或许是伪装的祝福

学习攀岩的人，首先要学习如何跌倒。攀岩中，人往往会以各种姿势从岩壁上掉落。突然从高处跌落，身体会有本能的反应，就是用手撑地。而教练会首先告诉你，即使岩馆里有防护垫，如果用手撑地，手臂还是很容易骨折。正确的姿势是落地时用腿卸力，双手抱在胸前，可以最大限度减少身体损伤。反复练习，才能把这个过程转化为一种新的本能反应，在很短的时间里帮助你做出正确的选择。人必须学习如何跌倒，实际上，如果你没有下跌过，就表示你没有尝试极限。

创业，就是对失败的探索。如新能源汽车创业者李想所说："优秀的创业公司都有几次从 ICU 爬出来的经历。"我曾经采访具有传奇色彩的创业家埃隆·马斯克，他说："我期待失败，因为大多数企业都会失败。如果没有经历过失败，说明你还不够创新。"所以当他决定辍学第一次创业的时候，就对自己的教授说："我打算去创业了，十有八九会失败。如果我失败了，还能回到学校上学吗？"即使是马斯克这样充满激情和韧性的创业者也承认，在 2008 年圣诞节前公司濒临破产之时，想到对投资者和雇员的责任，他精神压力很大，夜不能寐。他说："创业就是嚼着玻璃凝望深渊。"此话引起许多创业者的共鸣。

攀岩者学习跌落和创业者学习失败是一个道理。第一，这是对心理韧性的考验。失败中你会受伤，痛不欲生。选择坚守初心不放弃，需要勇气。第二，这是对洞察力的考验，是否在至暗时刻还能看到希望，在混乱中看清方向，带领团队继续前行。第三，这也是对学习能力的考验。变通和调整是必需的。很多能力是在失败中被逼出来的。在错误中学会的东西往往最真实，也最深刻，它让人保持谦虚和反省的能力。这需要智慧。

彭凯平教授采访了中国 30 位成功的创业者，发现他们在拥有不同个性和领导风格的同时，有着一些近似的心理特质。第一是积极乐观的心态，永远相信希望，就如雷军说的"站在悬崖边还能够带着微笑"。第二是整体思维导向比较明显，如招商银行原行长马蔚华所说："不知宏观者，无以知晓具体。"企业家必须对世界和国家的宏观趋势有所洞察和判断。第三是理性精神，审时度势，理性分析。第四是生命活力，包括想象力、创造力等心理特质。

彭教授认为企业家往往是心理压力比较大的人群，这来自"三座大山"。第一座大山是责任感——不仅对自己，更是对员工和他们的家庭，还有投资者、股东、客户、上下游合作伙伴，以及社会责任等。企业没做好，会引发连锁反应，而企业家是最后兜底的人，他们的痛楚和自责被放大。第二座大山是名誉感。包括社会身份、社会地位、尊严和面子。一旦失败，个人与企业的声誉受到损害，影响的不仅是口碑，还有商业信用和信誉。第三座大山是法律责任。企业是现代社会中的法人机构，个人破产最多影响消费，企业破产则牵扯一系列法律问题。有这三座大山，企业家的焦虑比普通人大了好几倍，高处不胜寒。

而我们恰恰处于 VUCA 时代：易变性 Volatility，不确定性 Uncertainty，复杂性 Complexity，模糊性 Ambiguity。国际政治经济的大变局，科技的颠覆性发展，改变了许多前提条件，甚至颠覆一个个行业，让许多企业家不知所措。与此同时，新的赛道和机会不断涌现，各种新概念、新商业模式令人眼花缭乱，企业家比以往任何时候更需要内驱力、洞察力、专注力、协作力和创新力。从个人心理层面来看，企业家需要稳定的人格特质和适应环境的应变能力。我把它总结为：竹的精神，水的智慧。竹子有"咬定青山不放松，立根原在破岩中，千磨万击还坚劲，任尔东西南北风"的意志，水则有从善如流，随势成形的智慧。前者说的是"道"，后者则是"术"。茑屋书店的创始人增田宗昭说："经营就是对失败的容忍。"或者说，经营是对不确定性的容忍。但是，接受不确定性，正是企业家精神的核心所在。

我采访过的诺贝尔经济学奖获得者埃德蒙·费尔普斯（Edmund Phelps）写过一本书《大繁荣：大众创新如何带来国家繁荣》（*Mass Flourishing: How Grassroots Innovation Created Jobs, Challenge, and Change*），就是讲创新和创业。他认为，企业成功的秘诀就在于使命驱动，在于生命的活力和韧性。商场瞬息万变，危机四伏，要求企业家有极其敏感的嗅觉和灵活的身段。

2020年，疫情突然来袭，人员流动被按下暂停键，中国最大的旅行平台携程是最早感受到风暴的企业之一，退费高达12亿，企业收入下降了80%。已经退出日常运营的董事长梁建章是知名企业家中最早进入直播的。他与各地景区和旅游业合作，介绍当地文旅产品，大声吆喝促销，完全放下架子。最崩溃的还是直播途中遇到当地疫情和各种土政策，被迫隔离。不过他的承压能力还是很强的，能在工作中找到乐趣：一会儿化身苗族小伙，一会儿扮成微服私访的乾隆爷，一会儿穿上汉服；跳海草舞，报菜名，学川剧变脸，还在少林寺做起了武僧，舞枪抡棒……做了几次直播之后，他甚至欲罢不能，开始享受放飞自我的舒适感了。他跟我说："没有不能做，只有做不了。"单场销售额最高达到7000多万元，带动的行业销售更加惊人；更重要的是给了上下游合作伙伴信心，也调动了整个团队的士气。

同样面临行业危机的还有新东方的俞敏洪。2021年7月，"双减"政策的突然出台，让教育培训行业一下子坠入深渊。俞敏洪说："企业遇到危机，有两种出路，一是直接放弃，二是继续奋发。这是老天的考验，通过这个考验自己会变得更加强大。"但是，他自己内心极度挣扎，曾在暴雨中狂奔，任由大雨浇灌自己的身体，一边奔跑，一边大笑，一边大笑，又一边大哭，直到暴雨戛然而止。绝处求生的本能让他不能放弃，只有继续奋发。新东方转型内容电商直播，把助农产品推广与知识传播结合起来。最初，直播两个月销售额只有480万元。但是开始了就没有退路。董宇辉等老师在介绍产品时教英语，输出知识，与各路大咖分享人生，成功突围。2023财年中期报表中，电商收入GMV（商品交易总额）做到了48亿元。他也善于从失败中学习，把新东方成功转型总结为：一、大势不可违，只能顺势而为，寻找机会；二、要表达一种态度，最大可能获得各方支持；三、保存实力；四、不要把鸡蛋放在一个篮子里；五、要做上得天道，中得正道，下得人道的事；

六、大方向不能错,过程可以不断试错;七、以身作则,亲临一线;八、急事慢做,静水深流。

山重水复疑无路,柳暗花明又一村。史蒂夫·乔布斯2005年在斯坦福大学毕业典礼上的演讲,是我非常欣赏的演讲范例。他讲了三个故事,其中我最喜欢第二个故事。那是在他创立苹果十年之后,他对于公司发展战略的想法与董事会产生了严重分歧,结果被自己创立的公司解雇了!他失去了贯穿自己整个成年生活的重心,感到整个行业都在嘲笑自己的失败。在这段人生低谷时期,他真不知道该做些什么,整个人都非常沮丧。但他也有机会放眼看见更大的世界,做一些自己感兴趣的事情。于是他投资了动画公司Pixar,制作了第一部电脑动画电影《玩具总动员》,获了很多奖,也赚了不少钱。他还创立了NeXT公司,后来被苹果收购,这让他再次返回苹果公司。他引用年轻时喜欢的一本杂志的名言:求知若饥,虚怀若愚(Stay hungry, stay foolish),告诉我们什么是学习和成长的力量,让人记忆犹新。在我看来,乔布斯是一个不懈创新的人,企业只是创新的载体,成功与失败都不能阻止他的创新。而这,就是企业家精神的核心所在。他说:"创新,决定了你是领导者还是跟随者。"

即使千辛万苦获得了商业成功,企业家也未必能逃出内心的魔咒。2012年，我采访互联网公司搜狐的创始人张朝阳，自称闭关了一年多的他重出江湖，在这之前，他经历了一段至暗时刻。在外人看来，既有钱又有名的创业精英，还有什么不如意的呢？他说："我觉得我出问题了。我真的什么都有了，但我居然这么痛苦，脑子里某些虚妄的想法赶也赶不走，甚至变得非常恐怖。我明白了，幸福跟钱多少没什么关系。"他认为成功往往让一个人对自我的认知出现偏差，媒体的宣传、社会的追捧让他在谦虚的外表下，内心极度膨胀，认为自己是天之骄子，什么东西都必须按照自己的意图进行，对于他人明显缺乏同理心，觉得那些接触自己的男男女女都是有所图谋的，必须防范。他的精神危机出现了，"我的心没有依处了"。

其实，这也是长期累积的精神压力的爆发。在学校里，他不考第一就自责；创业后面临残酷的竞争、多变的资本市场，也常常患得患失。在闭关的一年多时间里，张朝阳对脑科学和心理学有了更多的学习，开始真正走向自己的内心，寻找常识和信念，而不是"一味地去外界抓名、抓钱、抓利"。他还决定把自己的经历说出来，让那些在默默忍受痛苦的人知道，这并不是一种羞耻，他们并不是孤单的，也是可以去寻求帮助的。在激烈竞争把更多的人逼进精神死角的时候，敢于表达脆弱是一种勇气。他希望鼓励人们为自己的内心找到依靠，为情绪找到出口。而他后来在视频网站开设的物理课，深入浅出，生动有趣，看着就知道他很享受这个过程。自信之光，不是来自外界的漫天追捧，而是对真实自我的笃定。

吴晓波说："中国大多数企业家的败局不是企业经营的失败，而是常年过着丧家之犬的生活。"家庭生活幸福的企业家并不多。因为不满于职业女性被逼问事业与家庭的平衡问题，我在做人物专访时常常问男性领导者："你如何平衡事业与家庭的矛盾？"他们要不一脸茫然："男人也需要回答这个问题？"要不顿时紧张起来："不是来打探我的情感隐私吧？"

左右沙发的董事长黄华坤是个例外。他主动找上门来，跟我探讨幸福的话题。他从福建的乡村走出来，17岁开始做木匠，勤学苦练，成了沙发专家。有件事一直让他心痛不已，那就是在创业早期，他的母亲因为在暴雨中去接他而被山洪冲走……他说他只有加倍地努力，也加倍地爱护家人，让更多的家庭享受家居的舒适和生活的美好，才能慰藉母亲的灵魂。这一份情感，让我深受感动。他说："我们做家具的，不仅是提供优质的产品和优质的服务，帮助用户成就幸福生活，我们的企业也要成为有幸福感的企业。杨老师你提出了幸福力的概念，我想请你做我们品牌的幸福大使。"我一开始对"左右"品牌了解不足，慎重起见，还专门派经纪人去考察了他们的生产线，结果对他们的质量控制非常满意，这才有了我们的长期合作。在构思传播方案时，团队设计的"幸福不是你能左右多少，而是有多少在你左右""幸福不远，就在左右"的口号，让品牌理念深入人心。

过去这几十年，社会的风气是向外追求成功，向内看、向身边看的时间太少了。许多人认为不断地追求名利，就是为家庭提供最好的保障，却错过了太多与家人共处的时光。孩子学会走路了，你不在；妻子过生日，你不在；父母生病了，你不在……有了金钱，有了权力，却是孤家寡人，情感匮乏。这样的人生怎么会幸福呢？其实寻遍天下，你爱的，爱你的，真正对你的生命重要的人就在你身边。左右沙发的这句广告语引发广泛的共鸣，以至于江苏省一次中考的作文题目，就是要求考生对这句话进行论述。创业30多年以来，左右沙发凭借工匠精神和幸福理念，坚持绿色环保，成为行业引领者。

我曾多次采访王石先生。他身上不断自我超越的精神和旺盛的创造力屡屡让我惊讶：他领导万科成为中国最成功的房地产企业；47岁开始登山，曾两次登顶珠峰；年近60岁去哈佛读书，逼着自己过语言关；因为在攀登乞力马扎罗山时看到积雪消失，意识到环保的重要性，再次创业投身于碳中和社区的建设，带领中国企业家们连续十几年参加联合国气候大会。他身体力行，是赛艇运动和攀岩运动的倡导和推动者（前面提到的学习跌倒的故事就是他告诉我的）；他也是公益慈善领域的领军人物……他强烈的使命感与不断学习进取的状态，让我们看到更加丰富的中国当代的企业家精神，那就是主动拥抱不确定性，勇于尝试与创新，不断创造社会价值。这样的成就，正是在无数失败中磨砺蜕变的结果。

创业是通过失败不断探索，也是对创造的不懈追求。苦其心志，劳其筋骨，不断面对危机和不确定性，是创业者的宿命；创造优质的产品和服务，增进社会的福祉，是他们的使命。如果运气还不错的话，在实现梦想的同时，也能获得内心的丰盈和家庭的幸福。

帮自己一个忙，迈出第一步

成就感的重要来源就是把事做成。从知道到做到，其实是有门道的。你身边有没有那种特别优秀的人，别人是"干一行爱一行"，他们是"干一行成一行"，好像做什么都顺利，总是心想事成？你有没有好奇过他们成功的秘诀呢？

美国加州大学洛杉矶分校医学院教授肖恩·扬（Sean Young），就是这么一位"做什么都能成功"的多面手，他 9 岁开始炒股，后来自己设计自动交易算法，年收益率超过 40% ；他擅长贝斯，曾经在两万人的音乐会上演奏；在读博期间，他就开始为美国国家航空航天局设计宇航员训练课程；为了了解人们如何看待风险，他从教授摇身一变成为保险经纪人，专门负责最难卖的人寿保险，结果在短短三个月内，成为公司的销售冠军！

肖恩·扬在《如何想到又做到：带来持久改变的 7 种武器》（*Stick with It: A Scientifically Proven Process for Changing Your*

Life—for Good）这本书中，为我们揭示了他能取得多个领域成功的原因所在。他将自己的这套方法命名为 SCIENCE，这个词是"科学"的意思，里面的七个字母就代表了七种武器，也寓意着所有的方法都是基于扎实的科学研究成果。这七种武器分别是：阶梯模型（Stepladders）、社交磁力（Community）、要事为先（Important）、极度容易（Easy）、行为在前（Neurohacks）、致命吸引（Captivating）和反复铭刻（Engrained）。这些武器帮助我们形成新的习惯，解决"为什么做""做什么"和"怎么做"的问题。

社会心理学中有一个名词叫"乌比冈湖效应"（Lake Wobegon Effect），乌比冈湖是幽默作家盖瑞森·凯勒（Garrison Keillor）虚构出的小镇。在这个小镇上的所有人都自我感觉极好，"女人都很强壮，男人都很英俊，小孩子们都在平均标准以上"。实际上呢，这就是个普通的小镇，小镇居民根本也没比其他人聪明到哪儿去。借由这样一个虚构的地方，他隐喻生活在社会中的我们每一个人，都存在高估自己能力的倾向。

我们对自身能力的预估常常在实际执行力之上。"阶梯模型"就是要告诫我们，想要实现梦想，首先要搞清楚梦想、目标和步骤之间的关系。"阶梯模型"的关键点在于将梦想切分为尽可能小的步骤，越小越好。

那么我们怎么将阶梯模型应用到实际中呢？

拿减肥这件事来说吧，很多人口头上嚷嚷着要减肥，幻想着一个月减重 10 斤，或者两个星期就瘦身成功，这显然是不切实际的。我看到一些朋友靠辟谷绝食等极端的手段，也有一个月内减重 10 斤的，但随之而来的是一系列健康隐患，如诱发心脏不适什么的。所以采用这些极速减肥的方式真的需要咨询医生的意见，不是每个人都"瘦 / 受"得了的。而按照阶梯模型，我们可以设定三个月减重 10 斤作为最终目标，接下来设定第一个月减重 4 斤，作为短期目标，再将每周减重 1 斤作为细化的步骤安排进每天的日程里。这样循序渐进，减肥效果往往更加稳固。

植物学里有一个概念叫"树维网"（Wood Wide Web），说的是如果一棵树孤零零地生长在一片土地上，那它的地下根系不会很发达。但如果这片土地上有许多棵树，哪怕种类不同，它们的根也会缠绕在一起，互相分享能量，传递虫害信息，落叶也会为这片土地提供更多的养分。我在美国加州优胜美地的自然保护区里就看到过这样的景象：高达百米，直径三米以上的巨型红杉，树龄可达两千年以上。而它们脚下的泥土只有三五米深，属于非常稀薄的土壤。这些庞然大物之所以千年不倒，就是因为它们的树根已经紧密相连，彼此纠缠，相互支撑。

当我们想要培养好习惯或者戒掉坏习惯的时候，经常会想要借助他人和集体的力量，因为他人能帮助我们强化"意愿"，也就是驱动力。我的造型师老黑热衷于动感单车的训练。他向我描述每次上课的情景：健身房里四面都有镜子，二十多个会员身着鲜艳的紧身衣，上车就位，活力四射的教练姐姐大声吼叫着："你们准备好了吗？让我们一起燃烧吧！"随即震耳欲聋的摇滚音乐响起，每个人都踩着音乐的节奏疯狂地蹬车，车轮飞转，形成炫目的光圈。当你快接近极限时，总有身边的队友鼓励你。每个人都热汗淋漓，快乐并痛苦地呐喊，最终超越了自己，在精疲力竭中体验极致的成就感。身在一个有着明确目标的团体中，会让我们感觉到很强的归属感，进而让我们更加认可自己的目标，获得更强的社会支持。这就是"社交磁力"。

　　你一定听说过时间管理的四象限法则，分别是"重要且紧急"的一类事件、"重要但不紧急"的二类事件、"紧急但不重要"的三类事件、"不紧急也不重要"的四类事件。其中，后面两类工作应该高效率完成，或者先不做；"重要但不紧急"的可以先不做，但一定要列入计划；"重要且紧急"的要立即动手去做。比尔·盖茨在采访中说过，他和巴菲特一见如故，就是他们都把"要事为先"作为时间管理的原则。

　　我觉得其中有两个象限最容易被忽视。其一是"重要但不紧急"的事情，常常因为我们疲于奔命，处理手头急事和琐事，而被忽略。俗话说，人无远虑，必有近忧，说的就是要有中长期的规划，有勇气去思考和做"困难但正确"的事。我们耳熟能详的"孟母三迁"的故事，就是孟母看到环境对儿童成长的重要性，搬家虽然不像肚子饿了或是生了急病那么紧急，却是她排除各种困难做出的决定。当然，决定什么是重要的事，还是要让孩子参与。作为妈妈，总是会替孩子做一些长远打算，如上什么学校，学什么专业，等等。但是不考虑孩子的内在驱动力，把父母认为重要的事强加给他们，往往得不到好的效果。比如，我儿子小的时候，我为了逼他学钢琴，搞得鸡飞狗跳，大家都很崩溃。其实他的兴趣和特长是在视觉艺术方面。后来我从善如流，更多地给他创造接触视觉艺术的机会，不仅让他学有所长，还增进了亲子感情。作为父母，最重要的事情不是替孩子选择发展方向，而是给他们足够的接触面，观察并鼓励他们找到自身的优势和重要的事情。

另外一个容易被忽视的象限就是那些"既不重要又不紧急"的事情。比如，我们每天都花不少时间刷手机，停也停不下来，有时甚至进入一种无意识的催眠状态中。如果把大量时间消耗在这上面，漫无目的地沉浸在信息轰炸中，就会导致疲劳和消极的情绪。所以，有觉察、有节制地使用手机，是我们的必备能力。

当然，有些所谓"无用"的事，放在不同维度上，可能就有大用。我每天的工作时间都在 12 小时左右，还有很多差旅，神经比较兴奋或紧张。我发现积极的休闲非常适合我，比如，练练毛笔字，或听音乐，精神因此获得一种调剂。如今抄经很流行，其实很多人并不是为了研究经文，或者成为书法家，而是在练习中变得专注和安静，让身心得到调整。这种积极的休闲看似不紧要，却是让生活可持续的要紧事。

第四种武器"极度容易"，它提供了一些可以帮助我们把复杂的生活变得简单的方法。人生并不存在那种唯一的决定性时刻，而是由很多看似微不足道的时刻组成。《掌控习惯》（*Atomic Habits*）一书的作者詹姆斯·克利尔（James Clear）认为，"毅力、勇气和意志力是取得成功的要素，但是增强这些品质的途径不是期望你自己成为一个自律的人，而是创造一个有纪律的环境。"

第一种方法是控制环境。如果你想要戒烟，就让自己的身边找不到香烟；如果你想要健康饮食，可以把蔬菜水果摆在更显眼的位置，触手可及，让环境成为行为的触发条件。

第二种方法是限制选择范围，节省不必要的时间消耗。很多成功人士在着装上有着类似的习惯，那就是尽量穿同一风格的衣服。美国前总统奥巴马一般只穿灰色或蓝色西服，扎克伯格和乔布斯总是穿 T 恤。如果每天要花 15 分钟甚至更多时间来思考着装搭配，除非你是时尚界人士，那么人生中差不多有一年的时间花费在这件事上。时间对每个人都是公平的，有舍才能有得。

第三种让事情变得容易的方法，是制订行动计划，形成惯性。对于创业公司来说，一份清晰明确、操作性强的计划书，更有助于帮助团队明确目标和流程，度过黎明前的黑暗。我有写工作清单的习惯，在小本子上写下本周必做的事，完成一件画一个钩，也是很爽的一件事。

传统观点认为，我们需要先建立想要改变的意识，大脑才能采取相应的行动；但神经记忆告诉我们，有时并不一定是意识引领行为，行为也可以引领意识。所以我们要学会"行为在前"。

心理学中有一些著名的实验充分说明了行为对意识的影响。例如，研究者让实验参与者在阅读一段话的时候，左右或者上下移动头部，这个动作没有特定的含义，结果却发现，上下移动头部的参与者更认同他们阅读到的内容，就像他们在阅读过程中一直在点头认可一样。实验结果被称为"具身效应"（Embodied effect），说明的是生理或情绪层面的神经记忆可以影响人们的意识和行为。

这个实验带给我们的启示就是，行动强化我们的认知。在我30多年的职业生涯中，我越来越感受到体力和精力的重要性。主持和采访看似是脑力劳动，其实在你穿着高跟鞋在舞台上站了5小时，或是经历时差的折磨，前一天只睡了2小时的情况下，脑力劳动就变成了体力劳动，就是看你在疲劳的情况下还能做到什么。为此，我把每周两到三次的体能锻炼作为习惯保持下来。为了避免自己找借口，我干脆把跑步机搬进了卧室。一旦习惯养成，不运动就会浑身不舒服。这让我有充沛的体力和精力去应对工作的挑战。

我们都知道，要想巩固一个习惯，我们得时不时给自己一点奖励，这有点像训练动物。但人类毕竟不同于动物，在给自己奖励的时候，不能只给食物，所谓的"致命吸引"指的就是奖励要真的有吸引力才行。

有些父母在教养孩子的时候喜欢给孩子买礼物作为奖励，但其实，当孩子本来就喜欢做某一件事的时候，并不需要额外的奖励来激励他，相反，这还可能起到反作用，让孩子觉得"这件事是不是很无聊，大人居然需要给我奖励来督促我"。同样的道理，在企业激励员工或者应用程序吸引客户的时候，金钱刺激的效果有时非常有限并很短暂，还需要更有吸引力的奖励，如事业的愿景和乐趣。对于千禧一代的年轻人来说，工作岗位的价值感比单纯的工资或物质奖励更能让他们充满热情。

其实对很多人来说，越来越看重的是自己能否影响到他人，能否给这个社会、这个世界留下点什么。所以，我们要让自己或他人发生持久的改变，就需要找到真正有吸引力的奖励。

赢家和输家往往怀抱同样的梦想和目标。只有那些把梦想付诸行动，实施了一点一滴改变的人，才能最终到达彼岸。亚里士多德（Aristotle）说："重复的行为造就了我们。因此，卓越不是一次行动，而是一种习惯。"也就是说，决定一个人效能高低的，是他天长日久固定下来的习惯。

在《高效能人士的七个习惯》（*The 7 Habits of Highly Effective People*）一书中，管理学家史蒂芬·柯维（Stephen R. Covey）将"习惯"定义为知识、技巧与意愿相互交织的结果。我们的思想、认知和技能在反复铭刻中融合在一起，我们的每一次小成功都给我们积极的奖励和暗示，这就是在积累正向的反馈。

威尔·史密斯（Will Smith）主演的一部电影叫作 *The Pursuit of Happiness*，中文翻译为《当幸福来敲门》。我却觉得，名字应该叫"去敲幸福的门"，因为这个故事的主人公并没有被动地等待，而是全力以赴地去寻找、创造幸福。在没有稳定收入又要独自养育儿子的困境中，他不懈努力，不放过任何一个机会。他用每一天的全力搏击，在如岩石般坚硬的生活外壳上留下一记记捶打的痕迹。当他最终得到梦寐以求的工作时，他拼命压抑着内心的激动，大步冲出办公楼，融入街头潮水般的人流，这时才任凭泪水肆意流淌。他把双手举向空中，仿佛在说："上帝啊，你终于回答我了！"是他自己敲开了幸福的大门。

请告诉自己："我可以做到！"这样的自我暗示就是成就感的基石，帮助我们从知道到做到。帮自己一个忙，无论目标多么遥远，你只需要专注于迈出第一步。

第四章

全情投入：

一心一意，乐此不疲

Chapter 4
Engagement

Happiness Quotient

找到所爱，找到所长

成功与幸福能不能兼得？不容易，但不是不可能。如果能投身于自己热爱并擅长的事业，那么成功与幸福的概率都会增加。

你们听说过"木桶原理"吗？一个木桶能装多少水，取决于最短的那块木板有多长。那么想要获得成功，是不是补齐自己的短板最重要呢？

另一个理论是"打枣原理"。你有几根不同长短的竹竿，要想把枝头上的枣打下来，是长竹竿更管用呢，还是短竹竿？答案不言而喻。

善于发现和运用自己的优势，是一种重要的能力。人人都有优势，同样人人都有劣势；有劣势并不意味着你一无是处。如果陷入过度关注自身劣势的怪圈，一味地努力改正缺点，只会让人身心俱疲，在与自己的作战中，增添了挫折和沮丧，事情做不成，心情也不好了。

许多父母特别擅长"扫兴"：他们在教养孩子的时候往往会更关注孩子的缺点和短板，不断提醒他们还有什么地方做得不够好，或者比起邻居家的孩子还有什么不足。严格要求固然出自良苦用心，但"你数学考了 100 分，为什么语文没有也得100 呢"或者"你考了全班第一，为什么还不是全年级第一"的诘问，常常让孩子感到非常沮丧。一句"这都是为你好"，又把孩子申辩的嘴彻底堵住。

我们为什么不能更多地看到自己和孩子的优势并把它发扬光大，而是盯着缺点不放呢？

从大脑科学的角度看，首先，我们的关注是有选择性的。大脑往往会选择性地关注欠缺的事情，而忽略已经获得的；关注别人拥有的，而忽略自己拥有的。选择性关注不一定不好，但是会干扰我们认识事情的全貌。

其次是负面偏见。在优胜劣汰进化法则的影响下，人们常常会不自觉地带着负面偏见看人看事，即便是最乐观的人，也倾向于注意负面信息多于正面信息。这常常导致"好事不出村，坏事传千里"。

最后就是投射机制。从心理学层面来讲，这是一种防御机制。当孩子表现出一种家长厌恶的特质时，家长就会发火。我们以为这是在帮助孩子改正缺点，但真正的原因是，我们下意识地把对自己的不满投射到了孩子身上。

莉·沃特斯（Lea Waters）是国际积极心理学协会的主席，写了一本书，叫作《优势教养：发现、培养孩子优势的实用教养方法》（*The Strength Switch: How the New Science of Strength-Based Parenting Can Help Your Child and Your Teen to Flourish*），认为优势教养能给孩子带来两个至关重要的心理工具：乐观和坚韧。乐观这种力量可以不断激励孩子，让他为自己创造一个积极的未来；而坚韧则是孩子遇到挫折时能重新振作的力量。一个坚强乐观的孩子能够在发挥自身优势的同时，改正自己的缺点。从优势出发教育孩子，并不意味着忽视缺点，而是为了让孩子找到一种坚定的自我认同。它让孩子有足够的信心去应对挑战，积极地对待他人，学会从更整体、更宏观的角度去看待自己的缺点，进行自我修正。这种思维方法对成年人也是大有帮助的。

如何判断我们的优势在哪里呢？可以从三个要素来考虑：擅长做的，经常做的，一做就非常高兴的事情。

比如，我从小就喜欢读课外书，也喜欢讲故事，只不过有时我把讲故事的时机选择在上课的时候。一旦听懂了老师讲授的内容，我就跟同桌说上了小话："欸，昨天我看了一个希腊神话，说的是伊卡洛斯安装了一双翅膀，振翅高飞。

只不过他的翅膀是用蜡和羽毛做的，当他越飞越高，离太阳越来越近的时候，蜡融化了……”正说得起劲，传来老师的训斥：“杨澜，不要说话了，你要是听懂了也不要影响别人啊！”不过老师很会激发孩子的热情，从这以后，她把画黑板报的任务给了我，这样我就可以把好故事写出来，画出来，给全班同学看了。这也算是我最早接触的媒体工作吧！老师采用的就是优势教育。

最容易被发现的往往是核心优势，如音乐天赋、运动天赋等。它是我们与生俱来的优势，要尽可能早地发现这样的优势并为孩子创造这方面的环境。

还有一种优势是成长型优势，是指我们愿意满怀热情去尝试的事情，而且做得还不错，只是使用频率不太高，所以不是一开始就能显现出来。这种优势如果能够被发现，并获得发展机会，也有可能大放异彩，也就是我们常说的“有潜力”。

中国女足守门员赵丽娜小时候并不那么喜欢足球，也没想过要当足球运动员。家里送她去学钢琴，她坐不住；去学跳舞，她觉得不好玩。7岁那年因为身体素质好被教练选中踢足球。奔步、踢射、扑球、铲球、对抗、团队协作，足球的综合性让她的兴趣被激发了出来。她阅读与足球有关的书籍，其中一本叫《为什么是足球？》，才了解足球原来是最接近人类狩猎的运动。从制订战略到战术配合，从个人能力到团队协同，足球充满魅力。这样的学习让她在训练和比赛中更深刻地理解足球，也磨炼自己内心的力量，能做到即使身后有对方球队粉丝的山呼海啸，自己也岿然不动。她与足球合体了。同时，她也突破着大众对踢球女孩的刻板印象，她当过摇滚乐队的鼓手，喜欢电竞，是视频 up 主，她说，人生有一百万种可能。她允许自己不断开发多方面的优势，而且从中获得很多快乐。

第三种优势是习得性优势。这是指我们不一定那么擅长，但环境需要甚至逼迫我们学会的一些能力。如果说优势是源于一个人内在的驱动力，那么习得行为就是在外界的诱导下靠后天努力学习得到的优势。在这种情况下，我们的动机起初往往是获得外界的奖励，但它也并不是负面的。

比如，我 1999 年与先生一起创业成立阳光媒体集团，只是想更自由地进行创作，特别是谈话类节目和纪录片。但后来我发现，创业难，在文化领域创业就更难了，特别是要转变思维方式，在"我想做什么"和"市场需要什么"之间取得平衡。我开玩笑说，自己是典型的"为了喝一杯牛奶，而养了一头奶牛，后来开办一个养牛场"的人。之前缺乏商业训练的我决定从学习看财务报表开始，还要学习内部管理、市场营销、商业模式设计等各种技能……环境逼着我不断学习。这二十几年中，有成功的喜悦，也有刻骨铭心的教训，痛并快乐着，冷暖自知。但我没有后悔，因为这是自己主动选择的一条路。商业是有效进行资源配置的方式，只有把企业做好，才能形成可持续发展的机制，创造更大的文化价值。从《杨澜访谈录》到"杨澜读书"，从《探寻人工智能》到《新生万物》，从女性学习社区到大型文旅演艺，再到沉浸式数字艺术空间，阳光媒体集团成长为有创新基因的文化品牌运营商，助力中国品牌走向世界。而我也习惯以企业家的角度去思考、去工作。渐渐地，商业思维和运营能力，就成了我的习得性优势。

其实，优势并不单指技能，它同样可以是心理优势。马丁·塞利格曼总结出人的"二十四种优势"，包括智慧、节制、正义、仁爱、勇气、韧性等等。他帮助人们发现自己的心理优势并付诸日常的实践。比如，一位餐厅女服务员嫌工作辛苦，手上托着的餐盘过于沉重，而她发现自己的优势是喜欢人际交往。于是她把每天的工作看作认识新朋友，为他们增添快乐的事。这样一来，她发现，虽然手中的盘子没有变轻，但她没有那么疲劳了，还得到了更多的小费。

想要获得成功和幸福，不仅要学会发现自己的优势，找到持续的内在动力也很重要。

2020年5月，国内著名的社交网站豆瓣网上成立了一个名为"985废物引进计划"的小组。里面的组员很特殊，他们全部来自985、211大学，打小学习成绩优异，在家人和老师的殷殷期许下考进名校，有些人甚至还是地方状元，是典型的"别人家的孩子"。可进入大学后他们发现自己身上的光环不见了，不仅在激烈的学业竞争里逐渐失去了优势，很难再像以前那样通过成绩来突显自己的价值，而且还对自己的专业失去了兴趣。所以，他们自嘲为"废物"。这个小组短短半年内就聚集了11万人在这里诉说自己的经历。

很多人都说，现在的大学生也太脆弱了，优秀的人比比皆是，成绩不如人就去努力啊！等进入社会，还得和大把优秀的人竞争呢。其实，并不是他们不努力，只不过他们陷入了自我内耗和负面情绪的旋涡里，打不起精神。为什么会这样呢？

除了整体经济形势的影响和就业市场的压力，问题也可能出在缺乏内在动机上。他们大部分人在高考前最常听到的话就是：考上好大学才有更好的人生。高考前，学生的动力来源于外界的期待，考上名校能够让家里和学校更有面子，选择热门专业是因为别人都说有前景，但这里面却从来没有自己的意愿。所以，很多人就只有考高分、上名校这样模糊的目标，至于自己的爱好和优势更适合学什么专业并不了解，直到上了大学后才发现学的专业并不是自己的兴趣所在，可问他真正想学什么，却又说不上来。

其实不只是学生，很多职场人也是一样，选择一份工作的初衷并不是出于对行业的热情，而是外界的激励方式，如金钱、地位和名望。消费社会还在不断宣扬一种中产阶级的"标配生活"，要有车有房，每年要去旅行，孩子要去上最好的补习班，等等。很多人都去追求这种"标配生活"，不想在同辈压力之下被比下去，陷入一种"内卷"的模式，当求而不得的时候就滋生倦怠情绪，最后就会质问自己：这一切的意义到底是什么？

我们不妨把时间线往前推一推，回想一下三四岁孩子的状态，你会发现他们的好奇心特别旺盛，对一件事情一定要打破砂锅问到底，甚至亲自去证实。但随着孩子长大，他们对待学习的态度就从主动变成了被动，这中间究竟发生了什么？

《内在动机：自主掌控人生的力量》（*Why We Do What We Do: Understanding Self-Motivation*）的作者是美国罗彻斯特大学心理学教授爱德华·L. 德西（Edward L. Deci）和他的合作者理查德·弗拉斯特（Richard Flaste），两位学者在这个领域共同研究已有 40 多年，他们发现，一个人也许会因为外部压力、激励手段高效地完成任务，可是他的内在动机是缺失的，这会导致他在心理上变得疏离、冷漠，进而滋生反抗的情绪，变得不负责任。

相反地，想要让一个人富有责任心、创造力，保持积极行为，拥有持久改变的动力，核心在于让他充分地调动自己的内在动机。因为人往往最容易被自己感兴趣的、热爱的事物所驱动。那么，怎么唤醒和保有你的内在动机呢？魔法就在于"有的选"，或者叫作"自主性"。

为了研究出为什么内在动机会消失，两位作者决定做个实验。实验的内容是玩一个叫作"索玛拼图"的游戏。它由形状各异的小积木组成，可以自由拆卸拼合成各种形状。德西召集了两组学生，让他们在限定的时间内去拼图，告诉其中一组，获胜的话会有奖励，而对另一组学生却什么也没说。规定时间一到，工作人员进来检查结果，并安排学生们原地等待一阵子。

在等待的这段时间里，德西教授发现，被告知能拿到奖赏的那组学生一旦拼图成功，就在屋里东走西走，百无聊赖，很显然，一旦实验结束，他们就不再玩了。相比之下，另一组学生却截然不同，他们继续玩着拼图，好像并不在意实验已经结束，只是沉浸在游戏的乐趣里。这个实验让德西教授总结出，奖赏有时会削弱学生的内在动机。一旦引入了奖赏模式，人的注意力就会发生转移，会聚焦在追求奖赏上，在这种强烈的刺激下，事情本身的价值和个人的真实体验反而变得不太重要了，自主感也就减少了。就像那组被告知能拿到奖赏的学生，他们很难再仔细去体会游戏本身是不是有趣，体会自己是不是真的喜欢这个游戏。

竞争是否会带来良性作用，取决于实施者使用这些激励手段时持有的意图。比如，选手在参加体育比赛时，如果教练的态度是"你只需要尽自己最大的努力就好，放手一搏吧"，那么这种鼓励就会让选手继续专注在比赛和自我提升上面，这时的竞争不会消耗他的"自主感"，反而能促使他发挥出自己的最佳水平。但如果选手被教练一再地强调"这次比赛决定了你的未来，胜者为王，败者为寇"，选手就会更关注来自外在的评价，自主感就会减少。同时，压力的负面效果就被迅速放大，进而损耗他的内在动机。

北京冬奥会的赛场上，谷爱凌的心理素质就广受好评，这一切都离不开她的"自主感"。她的母亲谷燕女士说，在孩子教育方面她看重三件事：首先，成功不是逼出来的，之所以放手让女儿去做职业选手，只是因为她喜欢，这对于她就是最大的动力；其次，让女儿明白人无完人，只要尽力就好；最后一点，她告诉谷爱凌，与其拥有一个名校的头衔，不如记住一件事：一辈子都不要放弃学习。

想要保持内在动机，需要提升"胜任感"，并且从"结果决定一切"的思维惯性里跳出来。胜任感指的是一个人有能力去做某件事情，而且感到有所成就。它的源头是"内部结果"，和我们在做一件事过程中的实际体验密切相关。日常生活中，很多人对结果的重视要远远高于过程。比如，有人坚信，寒窗苦读十几年，就等高考这一天；运动员努力拼搏十几年，为的就是拿到金牌，此外再无其他追求；职场上我们也会听到一些强势的领导说"我不管你的过程怎么样，我只要结果"。

只重视结果的思维貌似注重效率，事实上却得不偿失。如果一个人总是忽视自己在过程中的真实体验，就等于失去了由内部结果带来的胜任感。一旦结果令他失望，他就会变得非常消极、一蹶不振。

就算你已经找到了内在动力，又知道善用自己的优势，但人生中总有一些让人焦头烂额、精疲力尽的时刻，带来巨大压力和痛苦，把你团团围住。

2023 年奥斯卡获奖影片之一的《鲸》（*The Whale*），讲述的是一位父亲因为爱上同性友人而离开了自己的妻子与女儿，他不仅因此被家人憎恨，也为恋人的去世而陷入深深的自责，结果精神抑郁、暴饮暴食，成为重度肥胖患者，被困在沙发上动弹不得。但是，当他看到青春期的女儿也怼天怼地，自暴自弃的时候，他无法沉默下去了。在电影的最后，他启发女儿看到人性善良与美好的一面，并拼尽最后的力气，站立起来。在生命的最后，他想告诉女儿：爱，值得奋力一搏！

很多人能做到对他人的呵护，却对自己特别苛刻。对自己的仁慈（self-compassion）是从接受自己的不完美开始的。心理学研究告诉我们，要想突破困境，我们首先需要接纳自身的负面情绪，承认它的存在。只有这样，才能激发出改变的动机。获得 2022 年北京冬奥会自由滑雪空中技巧金牌的徐梦桃，曾这样描述自我情绪疏导的方法："面对巨大的压力，首先要尊重人性，尊重自己的情绪。要允许这件事情（压力）发生，要允许这时候自己会胆怯，允许自己暂时无法变得强大。你想，我站在那么高的地方，大风刮过来，寒冷刺骨，我为什么不害怕？只有接受自己的脆弱，才能冷静下来，理性分析自己该怎么做，比如，我曾经做过多少练习，稳定性如何，今天的风如何可控，等等。有压力的时候，我的经验就是要面对它，接受它，尊重它，分析它，解决它。"

改变看问题的角度，是我们将困境的正面效应最大化的方法。纽约大学宗教历史系教授詹姆斯·卡斯（James P. Carse）写作了《有限与无限的游戏：一个哲学家眼中的竞技世界》（*Finite and Infinite Games: A Vision of Life as Play and Possibility*）一书，他认为，有限的游戏，在边界内进行，其目的在于赢得胜利；而无限的游戏，就是人生，它探索和改变边界，从而延续游戏。如果有了无限的游戏的思考维度，那么人生中的顺境也好，逆境也罢，都是一种经历，考验你的信念、你的心性，给予你不同的启发和智慧，让你认识朋友和敌人，从而给你机会去丰富自己的生命，提升精神的境界。

从这个意义上说，所谓的成功和幸福，需要被重新定义。它们来自我们内在的驱动力，把顺境和逆境转化为对人生的体验与感悟，并借助自身的优势获得成长，创造价值。

社交媒体时代的情商税

2010 年前后，微博和微信出现；2013 年，小红书上线，直播打赏开始流行；2016 年，短视频平台快手和抖音走红；2017 年，直播电商兴起，其交易规模在 2022 年突破 3 万亿元……自从有了社交媒体，你的幸福指数是提升了，还是下降了？

各种资讯唾手可得，朋友圈里热闹刷屏，掌上娱乐如影随形，网上购物成为消费常态，这些都让我们的生活更加便捷高效。自媒体爆炸性增长，个性彰显，观点表达，让每个人都有机会被听见，被看见；与多年不见的老同学、老朋友恢复联系，或者帮助走失的孩子和老人回家，这些都是今天的互联网给予的馈赠。

但与此同时，信息超载，假新闻泛滥，让人无所适从；个人信息泄露，隐私曝光，让人心生恐惧；信息茧房加大了偏见和对立，道德评判甚至道德绑架比比皆是；网络营销无孔不人，朋友圈攀比带来失落和压力，网络暴力变本加厉……社交媒体时代，人们的焦虑被放大了，内心的冲突感加剧。

在社交媒体时代，却有更多的年轻人"社恐"，这似乎是一个悖论。许多年轻人宁可在家里宅着，在网上潜水、冲浪，打游戏，或者用隐形的身份参与一下网上话题，宣泄一下情绪，也不愿走出去，跟活生生的人打交道。为什么呢？回答："麻烦。"他们对爱情和成立家庭也有畏惧，回答还是怕"麻烦"。

这些年，"孤立青年"现象引发各国关注。比如，韩国保健社会研究院的报告显示，19岁至34岁青年群体中有5%（53.8万人）处于独居、隐居状态。其原因，有就业难的问题导致的自我怀疑和情绪低落，也有教育差距、贫富差距带来的挫折感和无力感，其他原因还包括遭遇霸凌、社会负面评价等。日本也有150万左右的孤立青年。管理学家大前研一在《低欲望社会：人口老龄化的经济危机与破解之道》中写道，年轻人的消费意愿变低了，不买房，不买车，不着急结婚，不想生孩子，进入公司也不想升到主管以上的位子，连消费的愿望也不高。一方面是对按部就班的"主流"生活方式说拜拜，不想被他人的价值观绑架，特立独行，活出自我；另一方面，又畏惧责任，害怕麻烦，小心翼翼唯恐受伤，缺少爱的欲望和勇气。这不仅是部分年轻人的心理特征，甚至已经体现在生理层面上。

著名心理学家菲利普·津巴多（Philip Zimbardo）教授，

在《雄性衰落》［*Man (Dis)connected*］一书里说，现代发达国家社会中，在学业成绩、社交、性能力等方面，正在出现阴盛阳衰的情况，包括年轻男性精液中精子的活跃程度都在下降。他分析了七种原因，其中之一就是电脑游戏和网络色情让人成瘾，导致对日常生活中的刺激不再感到快乐。（其他原因还包括：家庭中父亲榜样作用的消失；教育不鼓励男性的探索精神；食物结构和环境污染对激素水平产生的影响；过度的自尊保护使得对挫败的承受能力下降；女性的觉醒改变了男尊女卑的性别关系，让一部分男人无所适从；经济衰退带来的就业压力、孤独和前途无望。）

在社交媒体时代，要想提升自己的幸福力，就需要有意识地去适应和面对信息传播方式的改变，首先需要提升专注力。

数字时代最大的挑战之一，就是注意力分散，我们集中注意力的时间也越来越短。一份《2022 国民专注力洞察报告》显示，当代人的连续专注时长，已经从 2000 年的 12 秒下降到了 8 秒，被网友戏称"连金鱼都不如"……

这方面最焦虑的恐怕是父母们。今天在上学的孩子们会用到越来越多的科技产品，一些学校甚至给学生配备了平板电脑来完成作业，在疫情防控期间孩子们都在网上上课。孩子们长时间盯着屏幕，父母们不知道他们是在做功课还是在玩游戏，或者看了什么不该看的东西。

成年人的注意力也不集中，他们会在工作或学习时频繁地查看手机，这种脑力的来回切换削减了工作效率。虽然中断的时间只有几秒钟，但因此需要耗费一段时间，才能重新专注思考。有时成年人的疲倦感并不是因为工作有多么繁重，而是需要不断调整状态所导致的能量消耗。

学者亚历克斯·索勇－金·庞（Alex Soojung-Kim Pang）在《不分心》（*The Distraction Addiction*）这本书中指出，数字科技让人们可以在多重任务间任意切换，于是，我们通常会用有限的精力去同时完成多个任务，这会让我们的能力短路，无法专注于需要做的事情。他还通过研究数据告诉我们，很多人都高估了自己在任务切换过程中的创新性和灵敏度，那些经常在多重任务间切换的人，比长时间集中在一件事情上的人更难把事情做好。

注意力分散不仅影响我们的工作效率，也在心理上带来压力。比如，我们总在担心没有及时回复领导或客户，又不想错过朋友们都在推荐的短视频。刷起短视频停不下来，一晃一小时就过去了，这又加剧了没有自控力的内疚感。特别是注意力分散带来的内心不安定，正在侵蚀着现代人的平衡感和幸福感。

但必须说句公道话：这不是社交媒体的错。它就像一把双刃剑，关键在于使用它的人和使用的方法。社交媒体所带来的一系列负面影响，其实都与"被动性"有关。专家也发现：如果是我们主动通过社交媒体联系别人，是可以增加幸福感的；但如果只是被动地接受信息的轰炸，就很有可能降低幸福感。

对于手机和其他电子产品，要拿得起，放得下，这成为社交媒体时代幸福力的新要求。

觉察到社交媒体带给我们的心理影响，就是改变的开始。有些家长会主动和老师沟通，了解作业大约需要的时间，并让孩子尽量在"不插电"的环境里完成作业，做完后再通过网络上传，或者不让孩子同时使用两个以上的电子设备。如果一边用平板电脑写着作业，一边想着回复手机上的信息，这很容易就分散了注意力。

培养孩子专时专用的意识非常重要，要让他养成一次集中精力完成一项任务的习惯。我在孩子上小学一年级时，就培养他们独立完成作业的习惯。放学回家后，让他们先吃些小点心，犒劳一下自己，然后趁着上课学的知识还比较新鲜，集中精力写作业。他们做作业时，我就在房间的角落里读书，他们有问题，可以随时问我，不然的话，就安静地各做各的。孩子们养成了独立写作业的习惯，三年级以后我就不需要陪着了。我还启发他们自己制订时间管理计划，周间不玩电脑游戏，周末每天玩一小时左右。因为这是他们自己制订的计划，所以执行起来就比较自觉。养成了良好的时间观念，就有更多时间进行户外活动，比如，与同龄人做游戏，或带狗狗去散步，让他们把多余的能量释放出来，吃晚饭的时候胃口可好了。

随着孩子的年龄增长，家长要培养他们学会去完成一些较为长期的任务来提升专注的能力，比如，读完一本比较厚的书，画一幅比较复杂的画，或者设计制作一项比较复杂的手工，等等。让孩子在主动思考和动手中学习系统地、有计划地完成一项任务，对他们而言也是很有成就感的事情。

运动员受到的核心训练之一，就是排除干扰，迅速专注的能力。

平衡木奥运冠军刘璇告诉我，在临上场前，她会面向墙壁安静几分钟，在头脑里像放电影一样把整套动作"过"一遍。上场时，不去考虑胜败得失，而是高度专注于每一个动作的完成。此时纵使场内山呼海啸，她也听不见。如果在比赛中出现失误，跌下器械，也要在十秒之内迅速返回器械。这时没有任何时间懊恼悔恨，而是要迅速做出正确的反应和判断。

速滑奥运冠军张虹也告诉我类似的体验。在赛道上，发令枪响起的那一刻，她没有任何杂念，没有任何犹豫，没有任何无效的动作，凭借无数次训练而获得的肌肉记忆，她的整个身体就像子弹一样飞射出去。奇妙的是，这时她感觉自己是一条鱼，在水中自由地游动，没有任何挂碍，酣畅淋漓。

她们所描述的，就是高度专注产生的心流（flow）和极致的愉悦体验。

心理学家奇普·希思（Chip Heath）和丹·希思（Dan Heath）兄弟认为，"体验即瞬间"，它由四部分组成：升华（Elevation），指超越预期的非凡感受；洞见（Insight），可以理解为一些顿悟的瞬间；自豪（Pride），感受高光时刻；关联（Connection），即和他人产生连接。无论是对于自身还是教养孩子，我们都需要有意识地去营造这样的环境，增加专注所带来的积极身心体验。

数字媒体时代，我们需要提升的第二种能力叫"减噪力"。

减噪力帮助我们应对社交媒体时代的情绪噪声，学会对网络信息和评论作更理性的解读。

心理学研究发现，当一个人是独立的个体时，他拥有鲜明的个人喜好和判断，可当他融入群体之后，个性化特征会被群体淹没。处于群体里的人会更加冲动、情绪化，很难客观理性地看待和分析问题。《乌合之众》（*Psychologie des foules*）的作者居斯塔夫·勒庞（Gustave Le Bon）曾说，群体最根本的一个特征就是无意识。这里的"无意识"指的是缺乏对事实的了解、推理能力低下、不做深入思考。他还非常犀利地用"智商下降"来形容群体的无意识行为。为什么会出现这种现象呢？

第一个原因，就是责任分散效应。作为个体时，人们必须理性谨慎，对各种欲望加以限制，因为每个人都要对自己的行为负责。但进入群体之后，"法不责众"让个体更敢于发泄本能的欲望、更敢于做出攻击。有网友感叹说："网暴实在太可怕了，还好我是施暴者。"这种直白的诚实，让人不寒而栗。第二个原因，是群体中情绪的超强传染性。感性、本能的情绪特别容易传染，尤其是恐惧、愤怒这样的负面情绪。相比来说，理智、冷静的情绪在群体里就很难发挥作用。第三个原因，是暗示效应。受到暗示和容易轻信是一个人在群体当中的典型表现，同时，这种暗示也具有极强的传染性，加快了群体情绪的形成。

一些具有煽动性的断言，通过不断地重复，在群体的头脑中生根，最终让人们把它当作真理接受下来。勒庞是这么解释的："这是由我们大脑的生理机制决定的。……大脑中存在着一个无意识的深层区域，而我们的行为动机就源于此，那些不断重复的言论最终会进入这个无意识的区域，影响我们的行为。"

这种集体无意识也有所谓的"反噬效应"，对某人某事的评价，因为信息的不断披露，产生逆转的例子比比皆是，打脸者被打脸，网暴者被网暴。没有赢家，只有网络生态的恶化。

与此同时，我们对网络营销也要有更清楚的认识，对获取信息的渠道要有所甄别。《后真相时代》（*TRUTH: How the Many Sides to Every Story Shape Our Reality*）的作者赫克托·麦克唐纳（Hector MacDonald），是全球知名的商业咨询家，他发现，政客和商业机构可以通过操纵那些看上去是真的、实际上是编造的故事来误导公众，而且屡屡得逞，他把这些故事叫作"竞争性真相"（competing truth）。我们都知道盲人摸象的故事，说的就是片面的真相。

　　以商业营销为例，一些厂家试图将低脂、零热量等概念与健康美丽的躯体形象等心理需求之间建立内在的关系，以此来提升产品的价格。一旦消费者接受了这个故事的内核，认为自己想要健康和瘦身，必然需要买那些低脂、低热量的食品来吃，那么这些食品在消费者心目中的估值就很有可能会超过食品本身的价值。更有甚者，只要有一次点开了此类信息，平台就会源源不断地把相关的商业信息推送给你，让人不胜其扰。

　　所以，我们需要提高觉察和辨别的能力：我们的估值系统是否被竞争性真相所影响，那些充满了营销技巧的故事是否利用了我们的心理陷阱，我们在冲动下做的决定是否遵循了我们真实的想法。

　　如果只是收到各种商业广告也就罢了，更烦人的是，人工智能系统还会通过信息自动筛选影响我们的社会认知和判断。《人类简史：从动物到上帝》（*Sapiens: A Brief History of Humankind*）的作者尤瓦尔·赫拉利（Yuval Noah Harari）说："人类其实一直生活在后真相时代：在信息不发达的时代被蒙蔽，在信息爆炸的时代只相信符合自己价值观的事实。"社交媒体平台为了方便检索或推送信息，会给某个群体、某个话题"贴标签"。其实，"贴标签"的行为本来是人类大脑发展出的一种较为省力的工作方式，这个过程相当于大脑在进行初步的加工，让我们知晓面对这个群体时如何表现会更得体。但久而久之，我们把本来丰富的个性简单化、刻板化了，偏见因此大行其道。性别标签、年龄标签、职业标签、容貌标签……说到某一个具体的人，在我们的头脑中最先出现的往往是这些标签，于是标题代替内容，情绪代替理性，排斥代替包容，甚至会让人变得冷酷残忍。

哈佛大学法学教授凯斯·桑斯坦（Cass R. Sunstein）指出，我们倾向于选择与自己意见相似的人作为朋友，在网上喜欢看到的是与自己意见相近的观点。长此以往，会形成一个又一个彼此孤立、相互排斥对立的封闭岛屿，在岛上都是彼此相似的人，能听到的都是相似的观点，就仿佛一直在听自己的回声。这就是"茧房效应"。所以，在社交媒体时代，我们要提醒自己：保持开放的头脑，尽可能了解事情的全貌，包容不同的思想和生活方式。

在数字媒体时代，我们还需要培养内心的"定力"。

在这样一个信息超载，假新闻比比皆是，网络戾气弥漫的时代，要想保持内心的安宁与快乐，需要坚定的价值观和自我情绪保护的意识。

《如何停止不开心：负面情绪整理手册》（*How to Stop Feeling Like Sh*t: 14 Habits that Are Holding You Back from Happiness*）的作者安德烈娅·欧文（Andrea Owen）指出，我们之所以无法从深层摆脱不开心的感觉，是因为被一些有害的思维方式和行为方式所压制或折磨，例如，自我批评、自我孤立、过度取悦他人、过度比较等等。这背后是不清晰的价值观。社交媒体上被滤镜普遍提升的颜值，对"A4腰"和逆龄冻龄的追捧，加剧了容貌焦虑和年龄焦虑，甚至带来羞耻感。这是"一种让我们相信自己是有缺陷的，因此不值得被爱或获得归属感的强烈的痛苦感受或经历"，是最具破坏力的负面情绪之一。人言可畏。网络上那些不讲事实依据、不负责任的批评和指责，往往在短时间内带来排山倒海般的压力，让缺少心理准备的人难以招架，而且已经造成了不少悲剧。

社会比较是人类的另一种本能，向优秀的人看齐，在某些时候能激励我们变得更好，而让我们不开心的社会比较通常是不合理的对比，比如，外貌的完美和物质的奢华等。它只会不断消耗我们的精力，让我们在追求虚假安全感的道路上越走越远，实际上却深陷在焦虑、忙碌和不安之中。实际上，因为人们倾向于炫耀自己优秀和成功的一面，所以在社交媒体上往往会造成"别人都比我优秀""别人都比我过得好"的假象，进一步加深一些人的自卑感。

还有一些人感到，如果不频繁地在朋友圈里为别人点赞，就会失去某种存在感或被"嫌弃"。于是他们总是想要取悦他人，因此也增加了不少心理压力。

那么有什么办法可以帮助我们减少这些因为外界评判、过度比较和取悦心理带来的负面影响呢？安德烈娅建议重温"巅峰体验"。你可以试着回想人生中那些让你深感自信和快乐的经历，并追问一下：你当时的决定和行为背后的原因是什么？其中，你探索了自己内心的哪一部分？

有些巅峰体验可能只有短短几分钟，也有些是你长期坚持实践的。时间长短并不重要，重要的是那种让你充满力量和自豪的感觉到底与什么有关。有了这样的练习，你对自己真正看重的价值品质就会有更清晰明确的看法，不必过度依赖外来的评价。

社交媒体时代的确对情绪管理提出了新的挑战，这是当代人的新命题。在过载的信息中，学习专注的能力；在排山倒海的情绪噪声下，多一点情商和智商，来甄别信息的来源、真伪和背后的动机；还要多一些自我接纳和自我呵护，明确自己的目标和价值观，不轻易被别人的评价绑架；要有意识地增加与自然的接触，与其他人面对面地交流，建立更真实可靠的情感联结。同样重要的，是谨记那句话："己所不欲，勿施于人。"让网络社会多一些理性和善意。

社交媒体时代，我们的幸福力也在进化中……

创造这件事，很酷

总有一些事，让我们兴致勃勃。

我上小学和中学的时候，特别喜欢做手工。最享受的是周日中午，等爸爸妈妈睡午觉了，我就在自己的小房间的书桌上，摆上画笔、刀剪等工具，铺满各色纸片、布头、扣子等材料，参照着搜罗来的图案、绘本，动手制作各种小东西——剪纸、贺卡、摆设、饰品什么的，不亦乐乎。那一个多小时，不知不觉就过去了，是我快乐的少年时光。

也许这就是为什么我对手艺人有着特别的亲近感。2018年，我制作《匠心传奇》时，采访了12位非遗传承人，2022年起，又作为发起人制作了非遗探索焕新节目《新生万物》。在拜师学艺的过程中，我和单霁翔、张国立、蒋昌建等老友，还有十几位年轻设计师，沉下心来，一手一脚学习传统技艺，大受启发。

有些劳动是需要些体力的。

在景德镇，我们跟着黄国军大师奋力抡锤，将高岭土石块砸成鸡蛋般大小，再放到水碓里去敲击成粉末，筛细之后，用脚把瓷土踩成泥坯，这样的瓷泥才细腻紧实。

在安徽泾县，我们跟着师傅们挑着五十来斤的湿稻草（师傅挑的是两百斤的担子），颤颤巍巍地爬上布满鹅卵石的山坡，再把稻草铺晾开来，让它接受阳光暴晒和雨水冲刷。只有经过三次蒸煮和晾晒，才能彻底除去稻草里的淀粉和蛋白质，留下干净的植物纤维，做到"纸寿千年"。

在川西竹海，我们又在罗荣成、罗勇父子手把手的指导下，砍下十几米高的慈竹，再切割成五六米长的竹竿，扎成一捆，扛竹下山。

在洋河酒厂，我们在手工班学着师傅们的模样，挥动大铁锹，把湿重的酒醅均匀地铺在直径三米的酒甑里，只需两三次，就大汗淋漓，手臂发抖了……

有些手艺又要求极致的精巧。

在苏绣大师姚建萍的工作室，我居然成功地把一根丝线劈成了一百二十八分之一！那几乎就是一根蚕丝的模样，捏在手指里，它顺着空气的浮力垂直向上飘起，纤细到摄像师几乎无法在镜头里看到它的存在："你们别动行不行？好像在做无实物表演，又像几个孩子般手舞足蹈。"就是这样的轻丝，绣娘们一天要数百次穿过毛毛针的针眼，绣成猫咪抖动的胡须，金鱼摆动的透明尾巴和少女明眸里的眼神流转……

创造是手眼并用的过程。意到，眼到，手到。极致的专注，极致的精微，似乎激活了每一个细胞的感受能力，见平日之未见，听平日之未听，创平日之未有。姚建萍大师告诉我，常年用眼的绣娘，即使年纪大了，也很少有老花眼的。但只要放下绣花针，很快就会花眼。这专注的力量对人的生理极限也产生影响啊！

无论是做粗活儿，还是做细活儿，匠人们都心无旁骛，全神贯注，似乎忘记了时间。那是身心高度统一，心眼手高度协调的状态。十几年乃至几十年的反复练习已经造就他们出神入化的把握与控制，但好的匠人又必不被套路所束缚，在一丝不苟中不失自由创意和神来之笔。

在创作中，他们的眼神如此自信，表情如此生动，有时会自顾自地锁紧眉头，有时又会心一笑。此时的他们，敏锐、灵巧、笃定，那种物我两忘的自由状态，就是体验所谓的"心流"了。

心理学家告诉我们，实现心流的途径是正念练习（mindfulness），这是一种觉知状态的专注。

学医出身的乔·卡巴-金（Jon Kabat-Zinn）1979 年在麻省理工学院医学院工作，他想去帮助那些没有被西医治疗方式照顾到的人，于是开设了减压门诊，结合坐禅、瑜伽、太极等东方修行中的实践，将正念冥想的方法介绍给自己的病人。他发现这对于减轻病人痛苦，加快身体康复有明显的帮助；如果持续练习，不仅可以抚慰情绪，减少压力，减轻疼痛，更能使人心胸宽广，与他人友善相处，增进健康。

他和其他一些科学家的实验发现，经过八周左右的冥想练习，人的染色体两端的端粒会变长，降解得更慢；大脑中负责认知与情绪处理的左前额皮层会增厚，负责记忆的海马体增长，对压力敏感的杏仁核变小，血清素上升，大脑处于更加平静的状态。长期练习者大脑中的灰质（负责高级信息处理的部分）会增加，这让人们在复杂情势下更能聚焦并更灵活地做出反应。

他们把这些经验加以推广。美国 NBA 球星菲尔·杰克逊（Phil Jackson）就成为一位长期的正念练习者，并带动球队其他队员一起练习，这增强了他们在比赛中的专注力和协调配合能力。

2018 年，我曾经邀请卡巴-金先生来参加天下女人国际论坛。在演讲中，他高度评价中国道家、佛教禅宗和印度瑜伽的智慧，认为它们都是古人的智慧，让浮躁之心安静下来，感受当下，体验自我的存在。比如，老子说："孰能浊以止，静之徐清？孰能安以久，动之徐生？"李白诗曰："众鸟高飞尽，孤云独去闲。相看两不厌，只有敬亭山。"他还说，中文中"怒"字的结构，是由"奴"和"心"组成，表示被心情所奴役，真是天才的创造。他也在现场示范，告诉大家正念冥想并不神秘，任何人都可以从稳稳地坐在一把椅子上开始，关注自己的呼吸，平静、不带评判地观察自己的内心和外部环境，专注于当下的体验。它既不能消除人生中的悲伤与挫折，也不执着于只允许积极的情绪存在。它强调的是专注、觉察和仁慈，包括对自己的仁慈。

这让我想起佛教中有句话叫"戒生定，定生慧"，说的就是屏除杂念，心定一处，力求达到更深层的意识和觉知。

出外旅行时，我喜欢走访一些古寺。比如，福州闽侯县的雪峰崇圣禅寺，建于唐朝，被称为"南方第一丛林"。它不仅历史悠久，还作为"打禅七"的圣地声名在外。所谓"打禅七"，就是在七天内密集地修禅，以求开悟。从这里走出过不少高僧大德，做了南方各寺庙的住持。传说公元 870 年，26 岁的藻光和尚慕名前往雪峰寺拜谒义存禅师。义存出其不意地问："进一步则死，退一步则亡，如何？"藻光不慌不忙回答说："横行几步何妨？"

心无挂碍，生发智慧，让我们觉察到自己和世界本来的样子。

佛学的智慧给现代人带来很多启发，比如，如何理解"空"

字。这五光十"色"、令人悲喜交加的世界，怎么可能是"空"的呢？几年前，普林斯顿大学进化心理学教授罗伯特·赖特（Robert Wright）写了一本书，《洞见》（*Why Buddhism Is True*），通俗易懂地解释了佛学的真义。

他认为，自然选择让我们的大脑趋利避害，进而形成一种为世间万物打标签的机制，好与坏，美与丑，这些价值判断往往让我们不自觉地戴上了有色眼镜。不仅仅是看到一块巧克力或遇到一条蛇时会产生冲动，甚至连一些简单的数字都会唤起我们强烈的情绪。世间万物的确客观存在着，但我们的主观意识给它们赋予的价值和好恶，不是事物原本的模样，是附加上去的。

另外就是我们对自己的认识。大脑的另一个特点是"自我独特性"，认为自己是高于其他物种的理性动物。但实际上，我们的许多重要决定都是被情绪左右的，比如，当屋子里出现女性的时候，男性的表现和彼此之间的竞争就会有微妙的变化。所以，你看，自我这个东西也是贴了标签的，不是完全客观的。这就呼应了佛学中"空"的概念。

赖特教授自己坚持做正念练习，他发现，当我们弱化或者关掉自动贴标签的习惯，也就是说，不"喂养"欲望时，情绪就变得更加平稳了。他举例说，邻居在装修，电锯的声音很烦人，他就先在自己的头脑中弱化"电锯声真讨厌"的痛苦，慢慢地甚至听出了其中的节奏感，也就不感到那么烦躁了。他将这一过程总结为 RAIN，即识别（Recognize），接受（Accept），审视（Investigate）和不执（Nonattachment），与佛教中放下执念的教诲是不是挺吻合的？这一模型对我们管理负面情绪是普遍有效的。

所谓诚其意、正其心、善其事，每门手艺都可以是一种修行。人在高度专注中，不仅忘记时间的流逝，还能有人与物的奇妙互动。我常在匠人那里听到"只有自己的心清静下来，才能看到材料的本真"的说法；还有把劳作看作心性修行的比喻，漆器大师说"人磨漆，漆磨人"，玉器大师说"人琢玉，玉琢人"。他们毕生追求以心悟道、以器载道的境界。

中文中"设计"这个词，古代指设下计谋，现代意义的"设计"直到 19 世纪才从日语中借鉴过来，而中国古代的匠人其实身兼设计师和工匠的双重身份，他们既负责创意，也亲自完成作品。在这物我合一的过程中，体会到物境、情境和意境的美妙。

20 世纪 80 年代起，作为发达工业化国家的日本重新挖掘和提倡匠人精神。木工秋山利辉的"匠人须知三十条"写道："进入作业场所前，先学会打招呼；成为和蔼可亲的人；成为积极思考的人；成为熟练使用工具的人；成为乐于助人的人；……"他不仅道出了一流木工的培养方式，更是唤醒了敬天感恩的心。他要求工人们在开工前，要向手中的木材感恩，珍惜这汲取了天地精华，经历了岁月洗礼的珍贵木材，它落在自己的手中，所以必须谨慎使用，用心打磨，以期发挥它最大的作用和持久的功能，让使用它的人可以代代相传。

我看到这匠人精神的背后有大写的"尊重"：尊重自然，尊重劳动，尊重时间，尊重客户，尊重同事，尊重自己……匠心，重在一个"心"字，就是把最大的善意、诚意和创意，注入器物之中。

国宝级漆器大师甘而可先生住在黄山脚下，他数十年专心致志地研究、制作漆器，恢复了汉代犀皮漆的工艺。他向我一边示范，一边介绍说，一件漆器的制作，从上山割漆到器物打磨完成，需要几十道工序，上 百多层漆，花上两三年时间是很正常的。他的夫人曾跟他开玩笑说："门口的高楼都盖起来了，你的一个瓶子还没做好。"甘而可不慌不忙地说："房子如果盖得不结实，不到三十年就要拆掉；而我的瓶子，过一百年、三百年也不会变形。那时候会有人把它捧在手上，体会到我今天的用心。"这就是他对于时间和价值的理解。

只有投入生命和情感的技艺才是鲜活的。

擅长扎染的大理白族人有"人生三块布"之说，即出生、婚嫁、离世，都要穿上扎染的服饰。"来，今天让我们来看看每口染缸的情绪怎么样。"被称为小白的扎染传承人张翰敏女士，身材不高但很匀称，虽然已经做了两个孩子的妈妈，但笑起来还是一张娃娃脸。说着，她递给我一板 pH 试纸和一个记录本，让我把院子里七八口大小不一的染缸的"健康"状况记录下来。染缸里浸泡的是板兰的茎叶，如果其酸碱度在 3.5 左右，就意味着它今天可以工作；如果不是，那么就意味着要向缸里投喂一些糖或面粉，甚至黄酒，让里面的微生物得以滋养，以期尽快恢复健康。

"原来染料是活的！"我大惊小怪起来。过去一直以为那就是从植物中提取的色素而已，没想到是一系列生物化学反应！染的过程更加奇妙。把扎出图案的白布放入蓝得发黑的染缸，轻轻揉搓后拿起来。布先是呈现出草绿色，然后慢慢变成孔雀绿，随着在空气中氧化，蓝色逐渐加深。再投入缸中染第二遍，这次拿出来以后蓝色就更深沉了。之后要在清水中洗去多余的染料，把布拧干，在庭院里支起来晾晒。一片蓝天白云染，就在苍山洱海的微风里舞蹈起来。

全情投入，就是正念练习，能让人体验澎湃的"心流"。而创造，使这种内心的幸福外化，进而可以把这幸福分享给更多的人。我高中时代最喜欢的作家罗曼·罗兰（Romain

Rolland）就说过："什么是快乐？创造就是快乐。其他都是无关紧要的漂浮在地面上的影子。……创造是消灭死。"

《考工记》里写道："天有时，地有气，材有美，工有巧，合此四者，然后可以为良。"如果说宇宙之美在于生命，那么生命之美就在于创造。

第五章

培育关系：

我们最终寻找的
是爱与被爱的感受

Chapter 5
Relationships

Happiness Quotient

孤独是种现代病？

孤独，已经成了 21 世纪的流行病。

据统计，在欧美大约有 30% 到 50% 的人时常感到孤独。中国好像没有相关的调查，但是从全国有 9500 万左右的人口存在焦虑和抑郁问题的数据看，加上三年疫情的影响，经常感到孤独的人很有可能占到人口的 20% 以上。孤独也不是丧偶的老年人的专利，2018 年，英国广播公司所做的世界上规模最大的孤独相关调查显示，年轻人的孤独感表现得相当显著，社交媒体导致的面对面社交关系的瓦解加剧了年轻人的孤独感。

一个 12 岁的孩子在描述他对孤独的感觉时说："那感觉就像是陷入浅滩当中，你会觉得自己缓缓滑入一种不在乎、无所谓的错觉，只有关闭一切感受，你才不用去面对寒冷。那感觉还有点沉重，让你觉得自己很渺小。"这段话给我很深的感触，这孩子描述得准确生动，可他才 12 岁啊！

宋朝女词人朱淑真写道:"独行独坐。独唱独酬还独卧。伫立伤神。无奈轻寒著摸人。 此情谁见。泪洗残妆无一半。愁病相仍。剔尽寒灯梦不成。"连做梦都做不成,写出了孤独的滋味。

我们在独处时孤独,在群体中孤独,在疫情隔离中孤独,在朋友圈的嘈杂里孤独,在网络狂欢中孤独,也在网络暴力的旋涡里孤独,在担忧中孤独,在压力下孤独,在恐惧中孤独,在悲伤中孤独,在愤怒中孤独,在沉默中孤独……

有社会心理学实验表明,人感到孤独时,其激素水平会急剧攀升,足以让人感到恐慌。而当一个人陷于严重抑郁状态时,其内心所承受的压力就好比身体被重重地打了一拳。孤独的人的死亡率是其他人的两到三倍。经受伤害和打击,常常让人把自己封闭起来,以此作为 种自我保护。上网成瘾的青少年,在这之前多数是孤独迷失的孩子。当父母们声嘶力竭地告诉孩子停下手中的游戏时,他们也许不知道孩子究竟在游戏中寻找什么。

孤独感往往来自某种伤害,而又转化为特定的行为方式。有一位心理医生发现,自己的女病人中有一些从青春期起快速增重,变得肥胖。原来那时她们都有过被猥亵或性侵的经历。她们之所以暴饮暴食,是出于保护自己的本能,因为这样就不会引起男人的兴趣了;或者是为了降低外界对自己的期许——

看到自己的样子，别人会以为自己又懒又蠢，自然不再给予期待和关注，就少了一些压力。她们被这个世界伤害过，希望用增肥的方法把自己隐藏起来。

    人类对孤独的感受并不陌生。各国的史诗和神话里，诗歌与小说里，都有它的影子。陈子昂写"前不见古人，后不见来者，念天地之悠悠，独怆然而涕下"，李清照写"冷冷清清，凄凄惨惨戚戚……雁过也，正伤心，却是旧时相识……守着窗儿，独自怎生得黑"。历史上，不乏失意的官绅、僧人、修道士主动离群索居，但直到19世纪初，这种曾经属于精英阶层的情绪表达才弥漫开来，并且与"独自一人"区别开来。人们开始把"孤独"这个词定义为"因为没有陪伴而心情低落"。这一普遍现象的出现与工业化和城市化同步，伴随着宗教的衰落，全知全能的上帝退场，充满竞争的个人主义盛行；人们离开故土，在陌生的城市中谋生，孤立无援，在流水线上机械地工作；它与西方医学的分类方法有关，人们开始区别对待情绪健康与身体健康；它也与社会日益关注个人而非集体，关注自我而非世界有关……可以说，孤独是人异化的产物，是一种现代情感。

    而到了21世纪，孤独则与更加普遍和深刻的政治、经济、社会危机相关，展现了人类的现代困境。瑞典林雪平大学社会与福利研究系的拉尔斯·安德松教授给予孤独一个广被认可的定义："当一个人感到与他人疏远，遭受误解，或被他人拒绝，或者（以及）缺乏适当的社交伙伴来开展他期待的活动，尤其是那些能提供社会融合感和情感亲密机会的活动时，他所表现出的一种持久的情感困扰。"《孤独传：一种现代情感的历史》(*A Biography of Loneliness: The History of an Emotion*) 的作者，英国人费伊·邦德·艾伯蒂（Fay Bound Alberti）概括道："孤独是一种意识和认知层面的疏离感，或是与有意义的他人相隔离的社会分离感，孤独是一种情感上的匮乏。"它是一个情绪的收纳箱，把断裂感、疏离感、隔绝感、抑郁等情绪收纳进来。它既是情绪上的，也是身体上的。它可以是暂时的，也可以是慢性的，让人深受折磨，气力衰竭。它有可能让人走向极端，甚至表现出反社会、反人类的恐怖主义倾向。正因为孤独已经如此普遍，影响到人们的身心健康和正常生活，甚至导致自杀率上升，英国和日本先后都任命过"孤独大臣"，专门针对孤独引发的社会问题。

但孤独也不是一无是处，如果处理得当，它可以把我们引向更加深刻的自我认知和对世界的认知，激发强大的创造力。实际上，在历史上，它曾经"催生"过许多诗人、文学家、艺术家、音乐家、哲学家、科学家的创作与创造。在孤独中，他们探索精神世界，展开丰富的想象，并表达出内心真实的情感。这些经典作品跨越时空，连接起人们的心灵，是人类作为整体抵御孤独的武器。

当代心理学不断证明，正是人与外界、人与人的联结，催生出真正的幸福感。

从 1938 年开始，哈佛大学开展了史上时间最长的成人发展研究项目，探寻影响人生幸福的关键。这项名叫"The Grant Study"的研究持续至今，跟踪记录了超过七百位男性，从少年到老年，从最初研究对象到他们的子女，年复一年地询问和记载他们的工作、生活和健康状况。2015 年 11 月，此项目的第四任主管、哈佛大学医学院教授罗伯特·瓦尔丁格（Robert Waldinger）在 TED 上介绍了他们的研究成果。他说："好的人际关系是关键。社会联结，包括与家人、朋友、邻居的关系，让我们更健康、更快乐，活得更长。"他举例说，在他们跟踪调查的人中，幸福指数最高的是一位中学老师，他的工作并不耀眼，但他热爱自己的工作，与家人和同事、邻居都有良好的互动。而幸福感最低的是一位成功的大律师，他的名气要比这位老师高得多，挣的钱也多得多，但他非常不开心。这固然与他的工作压力有关，但他长期独自生活，与周围的人关系冷淡疏离，也是重要的原因。

世界上有一些地区以长寿著称。对它们的研究，多从环境、饮食角度入手，什么空气中的负氧离子超万啦，山泉中富含微量矿物质啦，地中海饮食啦，等等。心理学家却从人际关系入手解开长寿密码，并把它归为"村落效应"。他们考察了世界上不同国家的长寿村，发现这些村落里往往人际关系比较稳定，联系紧密，相互照应。这种安全感表现在，年轻人出远门，家里老人孩子遇到困难了，乡里乡亲的都会施加援手。同时，村里有定期或不定期的聚会和节日活动，欢快的音乐、舞蹈让人们感受到彼此的情感连接，文化传统让人有归属感。

在历史上历经重重苦难，民族韧性很强的犹太人，有一个传统：如果教区里有人连续一周没有出门，无论是病了还是有什么情感困扰，邻居们都会带着食物上门，看看有什么可以帮忙的，并与他一起祈祷。这种守望相助的传统让犹太社区有极强的凝聚力。

八卦，也是社交的重要组成部分。我们都知道，人类头脑的进化与语言的发展有关，而语言除了用来协作劳动，还有很强的社交功能。在《梳毛、八卦及语言的进化》（*Grooming, Gossip, and the Evolution of Language*）一书中，进化心理学家罗宾·邓巴（Robin Dunbar）提出一个非常有意思的观点：动物之间的梳毛和人类语言在本质上发挥着同样的作用，那就是社交。他指出，灵长类动物平均每天给彼此梳毛的时间大概是 2 小时，而保持卫生只是一个次要的理由。梳毛会刺激体内分泌内啡肽，这是天然的镇痛剂，产生放松和愉悦的感觉。更重要的是，梳毛能维护联盟关系。它似乎表明："我愿意花费这么长时间与你建立私交，当我遇到危险时，你可得帮我一把啊！"人类的语言是声音形式的梳毛，而且可以同时和好几个人交流，大大提高了联盟的效率。

邓巴还提出了人类社交圈的自然规模是 150 人的定律，因为社会动物不仅必须清楚地了解谁是自己的盟友，还需要知道谁是谁的朋友，谁是谁的敌人。如果一个人需要了解自己与 4 个人的关系，还需要知道这 4 个人两两之间的关系，这就有了 10 组关系。从这个角度看，群体规模反映了社会动物每天需要处理的信息量。群体越大，信息的计算能力也随之增强，大脑就进化了。如果根据人类大脑新皮层的占比来推算群体规模，可以得出人类社交圈的平均规模是 150 人左右。在传统的狩猎采集型族群中，一对夫妇在经历四代繁衍后，所有在世子孙加起来差不多就是 150 人。微信用户的人均好友数是 128 人，可不只是巧合。

每个人都需要友谊或良好的人际交往，以此满足社交需求，得到精神或实际的支持，如共度快乐时光、相互陪伴等等。

我们的人际交往方式是可塑的。心理学与脑神经科学的研究发现：当我们遇到与自己有某种共同特质的人，无论是老乡还是宠物爱好者，大脑中的奖励机制就会被激活，给我们带来愉悦的感觉；反之，就会有排斥的反应。但这并不是不可改变的。

环境与游戏规则的改变，会在很大程度上改变我们的行为和人际关系。20世纪70年代，有一个社会实验，一群十二三岁的男孩参加了一个户外夏令营。一开始，男孩们被随机分为两组，经常进行竞赛，如拔河、搭帐篷、爬山等，两组男孩渐渐表现出争强好胜的行为，甚至是相互之间的敌意和拆台。后来，项目营造了水源短缺的限制条件，原先不肯合作的两组男孩不得不开始合作，渐渐相互协同，关系大大改善。这说明，人类社交模式会因为共同的困难、危机或者敌人而改变。

我们必须承认，人是一种自相矛盾的动物。弗朗西斯·福山（Francis Fukuyama）在《身份政治：对尊严与认同的渴求》（*Identity: The Demand for Dignity and the Politics of Resentment*）书中阐述，人性中对尊严的追求，对价值感的认同，让我们有追求平等公正的普遍需求。同时，人性中又有对优越感的追求，这方面的特质让我们有意无意之间对他人产生评判和歧视，乃至顽固不化的偏见。这些相互矛盾的人性特质，可以同时成为我们与他人联结或疏离的理由。

认识到这一点，我们需要做出更多的努力去改变一些"习以为常"的事。比如，在各国，智力障碍人士往往成为被嘲笑、被排斥、被歧视的人群，甚至连他们的父母亲人也认为他们是家庭的羞耻而把他们关在家里。1968 年，尤妮斯·肯尼迪·施赖弗（Eunice Kennedy Shriver）女士发起了特殊奥林匹克运动，旨在通过"融合运动"让智障人士更好地融入社会，获得公平的教育和医疗机会。2007 年，第十二届特奥会在中国上海举行，全球上万名特奥运动员、四万名志愿者参与这一盛事。"让我去赢，即使不能赢，也让我在尝试中变得勇敢。"这句口号不仅激励着智障人士，也同样激励着每一个人。归根结底，这不是关于"他们"的事，而是关于"我们"的共同福祉，是人类社会接纳、尊重、团结和爱的文明力量。

让我们把视线从一个村落放大开去。国民幸福指数（Gross National Happiness Index）在 1972 年由不丹国王吉格梅·辛格·旺楚克（Jigme Singye Wangchuck）提出，成为社会发展水平的一个重要但又充满争议的评价标准，连不丹自己似乎也没有实现这一指数的有效增长。不过 GNH 的四大支柱还是被更多国家认同：代表民意的好的治理，稳定公平的社会经济发展，环境保护和文化传承。联合国从 2012 年起开始发布《全球幸福指数报告》，逐渐发展成包括人均收入、人均寿命、教育程度、医疗水平、安全感、环境等在内的综合指数。

我曾经采访过的诺贝尔经济学奖得主约瑟夫·斯蒂格利茨（Joseph Eugene Stiglitz）有一个著名表述："GDP 衡量的是我们奔跑的速度，GNH 衡量的是我们奔跑的方向。"他还应法国政府的邀请，帮助制订可持续地提升国民幸福指数的方案，并指出，政府的职责是提供可持续的，提高生活品质的公共产品和服务。

2013 年，我受邀担任达沃斯世界经济论坛的主持人，主持有关国民幸福的讨论。席间另一位诺贝尔经济学奖得主丹尼尔·卡尼曼说："每个人应该有自由定义自己的幸福，并为此付出努力；政府的主要任务不是许诺让每个人都得到幸福，更不是一厢情愿地规范幸福的定义，而是应该尽可能减少国民的痛苦。人们对于痛苦往往有更多的共识。"在他看来，改善治理水平，减少失业率、犯罪率、环境污染、文盲率、极端贫困，提升医疗水平等举措是政府的抓手。

美国经济学家和社会学家通过 35 年的跟踪调查发现，虽然经济增长很多，但美国人的平均幸福感几乎没有什么提升。通常来说，生活在富裕国家的人平均幸福感高于贫穷国家的人，但当一个国家的人均 GDP 达到 1 万至 1.5 万美元后，幸福感的增长就几乎停止了。中国人均 GDP 在 2022 年达到 1.27 万美元，进入中等偏上收入水平，所以心理学家们认为，中国社会的心理拐点已经出现。要想提升全体国民的幸福感，就不能只靠提高收入的单方面努力。

哲学家阿德勒认为，人要获得幸福，就需要构建"共同体意识"，因为分工合作是人类社会发展出来的模式，以此弥补个体在禀赋方面的差异和不足。因为有分工、有协同，就需要尊重和信任的关系，我们很难脱离这些大大小小的共同体而单独生存。他认为人的一切烦恼都是人际关系的烦恼，一切幸福也都是人际关系的幸福，我们最终寻找的是爱与被爱的感受。我们只有通过爱的付出甚至相应的"麻烦"和承担受伤的可能，才能走出孤独，找到共同体的深度联结。

　　走出孤独，需要勇气。

　　爱，值得我们去冒险。

不结婚就不幸福吗？

　　春节期间，"不婚主义的小姨过年给孩子发红包"的短视频从抖音火到微博，引起了一众网友的共鸣与讨论。

　　视频里的小姨，手握一沓钞票，给晚辈们分发压岁钱，她穿着时尚，举止从容优雅。文案上写着："我家那不婚主义的小姨过年回来发红包了。"网友直呼："我也想成为这样的小姨。"它为女性提供了一种不同于传统语境的生活想象：没有选择婚姻的女性，也可以把自己照顾得很好，有钱、有趣、有自信。不结婚也没关系。

　　《我的孤单，我的自我：单身女性的时代》（*All the Single Ladies: Unmarried Women and the Rise of an Independent Nation*），是美国记者丽贝卡·特雷斯特（Rebecca Traister）在采访了近百个单身女性之后，写的一部纪实作品，她把其中 30 个单身女人的故事放到了美国近代史的脉络里来叙述，想向我们展示：女性的命运其实早就不再是简单的"二选一"了（不结婚就养猫），在她们面前会有更多的选项，而且无论结不结婚，都可以有出彩的人生。

她发现，无论有怎样的肤色和族裔背景，这个时代的女性，已经越来越具备了一种保持单身的能力——这种能力背后其实是越来越自主的思想、越来越独立的经济。女人们很难再像从前那样为了一张长期饭票而轻易地走入婚姻，她们会更多地权衡和思考：从婚姻里我到底能够得到什么？需不需要我过多地牺牲自由？

我们正在迎来一个单身时代。

在美国，单身女性的数量（包括无婚史的、丧夫的、离异的和分居的）已经超过了已婚女性。"更令人吃惊的是，34 岁以下无婚史的成年人数量占到了 46%，在不到 10 年的时间里上升了 12%。……如今只有 20% 左右的美国女性在 29 岁之前结婚，而在 1960 年，这个比例是将近 60%。"

很有意思的是，我也看到了上海市妇联公布的一组对应的数据。那是一份《改革开放 40 年上海女性发展的调研报告》，里面说，截至 2015 年，上海女性的平均初婚年龄已经达到了28.4 岁，比 2005 年提高了 5.4 岁。而 2015 年上海女性的初次生育年龄平均为 29.0 岁，已经和欧盟的平均水平持平了。

比较 2005 年和 2015 年的上海单身人口比例我们会发现，女性单身的比例在各个年龄段都有上升，尤其在 25—29 岁年龄组，升幅达到 11.5%，30—34 岁年龄组升幅达到了 7.6%。

这说明，至少在上海这样的大都市，女性在婚姻、生育方面的选择已经越来越多元，与欧美发达国家的情况基本相同了。

但如果放到全国范围来看，2017 年我国育龄女性平均初婚年龄是 25.7 岁——这下你看出落差了吧？为什么催婚现象如此普遍？因为虽然在大都市打拼的你，看看自己的周围，30 岁不急着结婚的人比比皆是，但是在你家乡的长辈眼里，很可能对你结婚年龄的预期还是 25.7 岁这个全国平均数呢。

知乎上有一位答主，写的一段话赢得了超过一万名网友点赞，她说："我不是不婚主义，也不拒绝结婚，但是结婚的前提一定是和自己心爱的人。不是因为年龄到了，不是因为寂寞，更不会为了搭伙过日子而随便找个人凑合。"在我主持的网络直播节目《发光吧，大女生》中，现场的投票调查显示女性结婚或不结婚的理由中，自主选择占 77%，外界影响只占23%。日本社会学家上野千鹤子在《始于极限：女性主义往复书简》中写道："只要婚姻还是如此'理所当然'的习俗，结了婚的人就不需要回答'为什么结婚'，唯有置身于婚姻之外的人会被反复问及'为什么不结婚'。"这种要为自己单身状态做出解释的压力，是年轻人抗拒的。

2016 年，天下女人国际论坛与北师大心理学院张西超教授联合进行中国职场女性幸福力调查，结果发现，中国女性已经把"实现自我价值"放在了幸福来源的第二位（健康和良好的家庭关系位于第一、第三位）。实际上，2019年中国女性劳动参与率已达68%，是世界经合组织成员国中最高的。全职妈妈再就业的意愿也非常强烈，"自我价值实现"（27%）、"不与社会脱节"（20.3%）、"缓解经济负担"（19.7%）是她们重返职场的三大理由。

我想起2010年采访当时的新加坡内阁资政李光耀先生时的情景。李光耀先生被称作"新加坡之父"，在新加坡主政30多年，他对于新加坡超低的人口出生率非常担忧，经常公开鼓励年轻人特别是女性结婚生孩子。他有一个很有争议的言论：新加坡出生率降低是因为更多女性接受了高等教育。此言引起一片哗然。很多女权组织都表示抗议。

他甚至连自己的女儿都说服不了——李光耀的女儿李玮玲是新加坡国立脑神经医学院的院长，一直没有结婚。

我问李光耀先生："您女儿是如何回应您关于人口出生率的理论的呢？"

李光耀无奈地回答说："她说她还没有找到自己的那一半，她可不想找一个余生都需要她照顾的人。"

人类是一种社会性的动物。事实上很多心理学、社会学的研究都表明，有长期稳定、相互支撑的亲密关系，能够极大地增强人的幸福感，也可以使人的健康状况更好、寿命更长。当然所谓长期稳定、相互支撑的亲密关系不一定是以婚姻的方式来体现的。《美国流行病学杂志》（*American Journal of Epidemiology*）曾经刊登过一篇文章说：研究人员发现，单身女性比结婚女性寿命平均低 2—3 年，单身男性比结婚男性寿命平均低 5—8 年——看来结不结婚，对男人的寿命影响好像更大一些，这说明男人可能真的比女人更需要婚姻。

其实，结婚只是让人们对自己的生活总体感到更幸福，但并不一定能让他们每时每刻都体验更多的幸福。例如，一项研究发现，婚姻给女性既带来了好处，也让她们付出了代价，而这两者会相互抵消。已婚妇女孤独的时间比未婚同龄人少，但她们与朋友在一起的时间、读书或看电视的时间也更少，花在打扫卫生、做饭、照顾孩子上的时间更多（几乎所有关于婚姻的研究结果都适用于长期稳定的恋爱关系）。

此外，尽管已婚人士确实觉得他们对自己的生活总体上比未婚人士更满意，但事实证明，这种差异只有在已婚人士与离异人士、分居人士和丧偶人士之间比较时才最为明显，而一直单身的人则过得比较好。新婚夫妇从婚姻中获得的幸福感平均持续两年左右。结婚两年之后，他们又回到了起点，至少在幸福指数方面是这样的。一直单身的人体验不到自己的幸福指数有所升高，但他们的幸福指数也不会降低。

单身与健康的关系也是如此。举个例子，尽管从未离婚的已婚人士比那些离婚的人更健康、更长寿，但一直单身的人与那些不曾离婚的人一样健康、长寿。

婚姻是人类发明的一种社会制度，合理，但是并不完美。作家钱锺书把婚姻形容成围城，里面的人想出来，外面的人想进去。剧作家萧伯纳曾经说过："想结婚的就结婚吧，不想结婚的就别结婚，反正你们迟早都会后悔的。"

据说，即使是最幸福的婚姻，一生中也会有五十次掐死对方的冲动，和一百次离婚的念头。"王子和公主从此幸福地生活在一起"是童话里的结局，在现实中呢？却是考验的开始。

即使被认为是理想婚姻典范的钱锺书和杨绛，也有争执到面红耳赤的时候。杨绛在《我们仨》中记录了一件相关的往事：

"我和锺书在出国的轮船上曾吵过一架。原因只为一个法文'bon'的读音。我说他的口音带乡音。他不服，说了许多伤感情的话。我也尽力伤他。然后我请同船一位能说英语的法国夫人公断。她说我对、他错。我虽然赢了，却觉得无趣，很不开心。锺书输了，当然也不开心。"

"神仙眷侣"也会因一时意气互相伤害，可见争执是伴侣之间经常遭遇的挑战。当然，希望用婚姻的方式来确定恋爱关系的人仍是大多数。米歇尔·奥巴马的自传里有一段特别生动的描写。美国前总统奥巴马和他的太太米歇尔都毕业于哈佛的法学院。米歇尔25岁时已经博士毕业，进入顶级的律师事务所工作，而贝拉克·奥巴马一开始是她的实习生。两个人相爱、交往多年之后，米歇尔希望能步入婚姻，而出生于单亲家庭的奥巴马却觉得：我可以全心全意地爱你，但是我看不到结婚到底有什么意义。

奥巴马考完司法考试之后，他们决定去下馆子庆祝一下，吃着吃着，就又聊起了婚姻这个话题。奥巴马重申了自己对于婚姻的保留意见，他的父母离异，从小的生活非常动荡，也一直过得很洒脱、随性，不想被什么东西束缚住。

米歇尔一听这话，顿时就气不打一处来。她说："如果我们彼此相爱，为什么我们不能用某种形式加以确定？你的尊严会因此受到任何损害吗？"

于是就在饭桌上，两个人都发挥辩才，又一次为这个问题展开争论，几乎要不欢而散。而这个时候，服务员把饭后甜点端了上来。

米歇尔这样写道："我当时情绪太激动，根本不想低头看。后来我低下头，看到本该盛着巧克力蛋糕的盘子里放着一个黑色的天鹅绒盒子，里面是一枚钻戒。"

这个时候奥巴马单膝跪地求婚，米歇尔心头的怒气全消，转眼化为惊喜。她说："餐厅里的所有人似乎都开始鼓掌。"原来奥巴马是跟她开了个玩笑："希望给你最后一次机会为婚姻辩护。"

复旦大学的沈奕斐老师写了一本书，叫《什么样的爱值得勇敢一次》，她的回答是："凡是能让你成长的爱，都值得你勇敢一次。"

对于渴望脱单的人士来说，如何找到这样的真爱，找到自己那个"对的人"呢？

《爱的陷阱：如何让亲密关系重获新生》（*ACT with Love: Stop Struggling, Reconcile Differences, and Strengthen Your Relationship With Acceptance and Commitment Therapy*）的作者路斯·哈里斯（Russ Harris）认为，首先要避免几个思维陷阱：

第一个陷阱：完美伴侣。

我们总是相信，能于千万人中遇见那个"对的人"，不早一步也不晚一步。事实上，正是这样的假设，会使我们始终感觉"选错了人"，似乎还有更完美的伴侣在等着我们。真的存在那个所谓对的人吗？答案可能是否定的。我们总有一天会发现，"完美伴侣"是双方一起经营亲密关系的结果，而不是"命中注定"。

第二个陷阱：寻找到另一半，才能实现自身的完整。

这个观念非常神奇地出现在各个时代、各种文化当中。最典型的就是柏拉图所说的寓言。而实际上，请相信自己：你本身就很完整。你只是想要和一个你爱的人共享人生。这种信念更有助于发展出健康的亲密关系。

第三个陷阱：只要相爱就能相伴一生。

大多数人都明白"相爱容易相处难"，两个在不同环境中成长起来的人，相处是不容易的。可一旦陷入爱河，我们却总是忘了这个事实。当那些不同的观念、生活习惯、兴趣爱好发生冲突的时候，我们往往选择的不是思考如何接纳和磨合，而是问对方：既然爱我，为什么不能为了我改变呢？

第四个陷阱：永恒的爱。

遗憾的是，"永恒的爱"并不存在。研究证明，对大多数人而言，爱情通常只能持续 6—18 个月，最长不会超过 3 年。是不是有点绝望了？别灰心，我们可以用一个更有益的方式来看待爱，那就是：不要把爱定义成一种感受，而是把爱看作行动。爱的感受来来去去，让人无法控制，但爱的行动是你随时能做的。

用什么标准去评估对方是不是适合结婚的对象呢？《如何避免孤独终老》(How To Not Die Alone) 的作者洛根·尤里 (Logan Ury) 认为，比起人们常挂在嘴边的经济实力、容貌、性格等因素，更重要的是下面六点：

第一，情绪稳定，心地善良。

第二，忠诚。

第三，具有成长型心态。

第四，能激发你最好的一面。爱情里最重要的，往往并不是"对方怎么样"，而是"和对方在一起时，自己怎么样"。

第五，懂得合理争吵。再好的亲密关系也一定会有冲突，你们要做的不是消灭问题，而是学会即使发生了冲突，也要在有分歧之后修复你们的关系。一个懂得合理争吵的人，能够清晰表达自己的观点，耐心倾听你的想法，并做出合理的妥协。

第六，能和你一起做出艰难的决定。比如，要不要换工作，去谁的家乡定居，年迈的父母由谁照顾，等等。好的婚姻，就是两个人在生活的难题面前，能够互为彼此的依靠。

婚姻需要爱情之外的另一种纽带，这种纽带不一定是孩子，也不是金钱，而是关于精神的共同成长，那是一种精神上的伙伴关系。在最无助最软弱的时候，或者是在最沮丧最落魄的时候，有她（他）给你一个拥抱，托起你的下巴，扳直你的脊梁，鼓励你振作起来，并陪伴你左右，共同接受命运的安排。那个时候，你们之间的联结会变得更为紧密和深厚。除了爱，还有肝胆相照的友谊、不离不弃的默契，以及刻骨铭心的情义。

请记住，你自己就是爱与幸福的来源。满足你的所有期待与让你永远开心并不是另一个人的责任。在你探索真实自我的时候，你的伴侣会不断地激发你、启发你，并且陪伴你走过未来生活的每一段旅程。

不结婚不一定不幸福，结婚也不一定就幸福。今天的人们有更多的关于家庭组成形式的选择。结婚与否已经不是衡量幸福的唯一标准，但持续的良好的亲密关系，仍是幸福的重要来源和保障。如果你对此认同，那就不要害怕麻烦，练习爱的行动可以帮助你们更好地与彼此沟通，深化你们关爱、联结、契合的能力，并让这段关系中的两个人都有机会成长为更好的自己。

诗人里尔克（Rainer Maria Rilke）说："爱一个人，是所有事情中最难的；爱是终极的考验和证明，我们所做的一切都是在为爱做准备。"

给孩子准备的幸福行囊

如果被问到对孩子最大的希望是什么，几乎所有的父母都会异口同声地说"希望孩子幸福"，但如果问父母在什么方面花的时间最多，几乎所有的父母都会说"学习"，这里的学习是指知识和技能的学习。那么，获得幸福的能力呢？对不起，没时间。

作为父母，都有过为孩子准备书包或行囊的经历，在平时上学的日子或是送他们去夏令营，直至上大学。我们有时唠叨，有时担心，有时恋恋不舍，泪水涟涟。有没有想过，如果我们送孩子踏上幸福人生的旅程，该在他们的背包里装上点什么？

前几天与几个闺密吃午餐，其中一个抱怨说："气死我了！早上 10 点了，儿子还不起床。我催他，他就嘟嘟囔囔的。可是听我说要出门，马上就来了精神！临走的时候还问，妈妈你大概什么时候回来呀？那个眼神和语气，明显是希望我回来得越晚越好……唉，儿子养这么大，突然不亲了！"在座的几个姐妹纷纷点头，说自己的孩子也是如此，随着进入青春期，不仅动不动顶嘴，还整天关着房门，不让父母进去，肯定在里面打游戏呢！看她们唉声叹气，我不禁握着她们的手表示祝贺："恭喜啊，这么刺激的体验，好好享受吧！"

青春期，往往是亲子关系最为紧张的时期。如果是有上中学孩子的父母，压力比孩子幼小时更大，甚至有崩溃的时候。美国一位长期跟踪研究青少年家庭关系的心理咨询师写了一套两本书——《是的，你的青春期孩子疯了》和《是的，你的更年期父母疯了》，分别从父母和孩子的角度写起，换位思考，揭秘青春期或更年期，人在生理和心理上的经历，以及为什么有这么多不可理喻的情绪和行为。就拿青春期的孩子来说吧，他的大脑皮层尚未发育完成，脑神经元之间的连接正在生长和重组中，所以难免有"搭错"的时候。因为大脑前额叶的灰质层是负责认知和理性判断的部分，它的控制力尚处于不稳定时期，很难控制因为激素的旺盛分泌所带来的情绪波动，所以这个年龄段的孩子情绪大起大落是很正常的。女孩的性激素分泌在每个月当中有两个主角交替上场：雌激素分泌旺盛时，对异性的关注上升，希望吸引他们的注意力；而当孕激素占据上风时，则表现出强烈的不安全感，自卑，情绪低落。青春期的孩子有时热烈，有时沮丧，有时封闭，有时又愤怒，具有攻击性。这个成长阶段，亲子关系经历严峻考验，甚至在有的家庭，可能出现亲子关系的疏离乃至破裂。

如果你希望孩子具有创造幸福人生的能力，这第一件放在行囊中的宝物，就是让孩子有存在感。

除了孩子表面上说了什么、做了什么，你还需要"看见"和"听见"他没有说出来的话，了解他行为背后的动机和深层的心理需要。

很多父母可能会说："我的孩子我还不了解吗？我恨不得24小时都在关注他。"但事实是，绝大部分的父母都不曾真正感受孩子的内心，并不了解孩子深层的渴望。

当女儿问妈妈"我穿这件衣服好不好看""我的大腿粗吗"，大部分情况下她并不是想得到就事论事的反馈，而是在寻求认可和接纳。社会环境不知疲倦地制造身材、外貌焦虑，作为母亲，有一个简单却有效的方法可以帮女儿对这些焦虑免疫，那就是要在女儿面前积极评价自己的外表，而且要经常这样做。用你自己当榜样，让小女孩看到一位成年女性对自己的尊重和欣赏。千万不要随口贬低女儿的外表或嘲笑她的体重，这很可能导致孩子带着对自己身体的负面感受进入成年期，成为她心灵上的一副枷锁。

儿童行为心理学家戈登·诺伊费尔德（Gordon Neufeld）

博士，通过 40 余年研究发现：父母看到的是孩子逆反、攻击等行为问题，却并未看见行为隐藏下的内心渴求、方向迷失。内心意愿被深藏、被漠视，得不到精准回应，孩子就会迷失，也会疏远与父母的关系，这使得父母更无从看见孩子。而能不能被看见、被理解、被回应，往往决定了孩子是否自尊与自信。越是充分地感受过爱与理解，越懂得怎样去爱、去理解他人。这对于拥有一个健全的人格，建立一段温暖、健康的关系，都太重要了。

在《每个孩子都需要被看见》（*Hold on to Your Kids*）一书中，戈登·诺伊费尔德博士不断强调，只有在关系中，孩子才能被看见。而行为问题的背后，几乎都是关系问题。

如果父母看不见这层意思，不去和孩子连接，那沟通就很难进行，任你使用再多教养技巧、再多奖赏与惩戒，都可能适得其反，造成孩子与父母心理上的进一步疏远。如果父母过于强势和压制，只会激发更大的叛逆。孩子既感到愤怒，又感到无助。对那个让他生气的大人，孩子无法用攻击性的方式回应，能做的要么是关上房门，也关上了心门，要么是在家庭之外去寻求认同与慰藉。

每个孩子都会有逆反心理，即使和父母关系亲近的孩子也是一样，逆反心理是一种帮助自我意识发展的健康本能。

正常的逆反最终目的是真正的独立。尚未成熟的孩子在寻求自我发展时，会反抗任何形式的压迫，包括同伴带来的压力。但是如果他们在父母那里得不到对自己的独立性的足够尊重，他们可能变得自卑，只不过这种自卑伪装成"独立"的模样，对一切都满不在乎，实际上却是对自我的压抑。

父母还存在一种误解，就是把孩子的逆反看作孩子对权力的渴望，认为这是孩子在向自己示威。如果父母产生了跟孩子争夺权力的想法，"这家里到底谁说了算"，那么就可能认为孩子的叛逆是在试图控制自己，而其实是孩子需要依赖父母。如果这时候站到孩子的对立面，采用施压的方式来管教孩子，反而会激发孩子更强烈的逆反心理，适得其反。

反过来，你表达对孩子不同观点的尊重，愿意用同理心去理解他们，表达你对孩子无条件的爱和接纳，反而更容易拉近与孩子的关系，让孩子愿意接受你给予的指导。鼓励孩子倾诉，而不是急着让他们吸取教训；要体谅孩子的挫败感，去安慰他们。

你可以给孩子的幸福行囊里装的第二件宝物是方向感。

在成长过程中，孩子是无法忍受没有标杆人物的，他们无法忍受"导向缺失"，他们对迷失方向的恐惧甚至超过了对身体伤痛的恐惧。

这是因为人都有一种原始的"定向"本能，需要明确的方向感，一旦失去方向，就会产生困惑迷茫的心理体验。在这种体验下，人的情感和目标会像一团乱麻，这是非常难以承受的。

一旦失去方向，所有生物都会急切地要从其他生物身上寻找提示，来帮自己定位。比如，小鸭子如果没有妈妈陪伴，就会把身边离自己最近的、能够移动的事物当作目标，模仿它的行为，跟在它后面跑，哪怕那只是一个会动的玩具。

父母应该成为孩子的首选导师，并以自己的言传身教给孩子树立榜样，帮助孩子形成价值观和世界观。如果父母不适合这项工作，最好有值得信任的成年人，如亲属、老师来负责引导孩子。

假如孩子以同伴为导向，而不是以父母或其他扮演父母角色的成年人为导向，会有什么危险呢？

孩子的同伴也是未成年人，本身在心理上也不成熟，他们都无法为自己确定方向，又怎么可能真正引导别人呢？同伴是无法给予孩子真正无条件的接纳和爱的，而且同伴关系本身就是不确定性很强的。

这会是一种真正的迷失。孩子很难在同伴身上找到稳定的方向，反而会把大部分精力都投入怎样维持朋友关系的焦虑中，没有勇气和力量探索自我、完成自我心智的成熟和独立。

放入孩子幸福行囊的第三件宝物，是安全的依恋关系。

戈登博士认为，孩子的攻击性、欺凌行为以及青春期性行为，很多都可以试着从亲子依恋关系的缺失中找到根源。要让孩子获得学习的动力，同样需要依靠稳固的依恋关系。父母要多用联系法，而不是分离法。不要忽视、孤立、冷落孩子，不要用跟孩子分离来惩罚孩子。当家长说："我真不想要你这个儿子／女儿了，你滚出去别进这个家门。"这会触发孩子内心最深的恐惧。虽然好像暂时管控了孩子的行为，却造成了孩子深层的不安全感。

这些年，校园欺凌和青春期的性行为，是社会非常关注的话题。

《纽约时报》报道的一项研究表明，孩子离开父母的时间越长、和同伴在一起的时间越长，就越容易出现欺凌行为。在动物行为研究中也有相关案例，失去父母的小象群会无缘由地攻击、残害相邻的犀牛，而当一头成年象进入这个群体，建立自己的权威，这种欺凌现象就消失了。

与父母关系疏离的孩子容易转而向不成熟的同伴寻求依恋。

被激发出依赖本能的一方，会指望对方照顾自己，而主导的一方，则需要担负起照顾对方的责任。在孩子和成人的依恋关系中，这种功能划分体现得非常明显。而当双方都是孩子的时候，结果就很糟糕了。有的孩子只追求主导地位，却不承担任何照顾的责任，而需要依赖的孩子，就得不到任何呵护。在这种关系下，本该平等的孩子，却需要建立一种不正常的主导与服从的等级关系。

当一个人只渴望主导权，却缺乏担当意识时，就会变成欺凌者。面对同伴的需求，他们不是满足，而是贬低；面对同伴的弱点，他们不是保护，而是利用；面对同伴的脆弱，他们不是帮助，而是嘲讽。

有一点是很多人难以想象的，那就是：那个实施欺凌的主导者，很可能比被欺凌的依赖者内心更加脆弱。越是情感封闭的孩子，就越想支配别人。他们很可能曾经在另一段关系里扮演依赖者，并且有过痛苦的经历，所以特别想逃离依赖者的角色，千方百计主导关系。

他们为了掩饰自己的脆弱，为了让自己不再被伤害，内心变得十分冷酷，尽可能远离任何可能让自己打开心扉的事情，更不要说去关心、去负责，因为那样都要付出情感，都有可能面对不确定性和失望。

这也是为什么青少年之间的欺凌行为有时候会格外残酷，让大人都感到震惊。因为实施欺凌的人完全隔绝了自己的情感，他们甚至感知不到自己的错误。

青春期也是少男少女们学习社交的重要时期。他们不仅在学习如何与朋友相处，也尝试探索恋爱关系，这考验着他们的自我认知和自我掌控的能力。同时他们也特别好奇：自己究竟对恋人有多大吸引力？爱的底线又在哪里？等等。

专家指出，青春期的性关系，很少是单纯地为了性而发生的。它可能是为了逃避孤独，可能是用来取悦，可能是表达一种权力、身份，或者为了融入某个群体。性能短暂地安抚依恋饥渴，却无法真正满足依恋需求。就像同龄人之间的导向关系本身是脆弱的，青春期的性关系也是非常脆弱的。通过性联系在一起的两个人，通常是无法避免痛苦的，一旦以这种形式形成连接，接下来两个人就很难忍受分离，除非伪装和逃避自己的情感，假装自己不在意。

这会激发青少年脆弱的防御心理，慢慢体现出一种情感的冷漠。情感冷漠会付出无法体验真正幸福的代价。

这种依恋关系对孩子成年后的亲密关系影响深远。如果父母对孩子的需求敏感，温和、及时地回应，孩子成年后更容易形成安全型的依恋风格。他们享受亲密行为，并不认为这会有害于自己的独立性，对于另一半则是包容有爱的。如果父母对孩子若即若离，孩子更容易形成焦虑型的依恋风格。他们渴望亲密，但总担心对方是不是同样爱自己，对另一半的无心之举也会非常敏感，不宽容。如果父母的养育方式冷淡疏离，对孩子的情感要求采取漠视的态度，则更容易让孩子发展出回避型的依恋风格，下意识地压抑自己对于亲密关系的需要，很难真正投入一段深刻的情感关系，甚至表现出抽身而退的疏离。

在孩子的幸福行囊中放入的第四件宝物，是对于边界的理解。

要尊重孩子在家庭中的边界。青春期孩子最重视的就是尊重。尊重他的隐私，他的能力，他表达的观点和他成长的痛苦。身为父母，你的主要任务就是积极寻找方法参与到他喜欢的话题中去，同时不要过度担心或干涉他的生活。千万不要不打招呼就直接进入他的房间，这在他眼里简直就像是圣地遭到了侵犯。如果你实在控制不住想要窥探他的生活，可以试着去找一位熟悉他并且值得信任的朋友谈谈。

如果说前面这些问题是以往每代人都会遇到的，那么今天的青少年还要面对新问题，那就是网络上的各种信息分散着他们的注意力，也刺激着他们的神经。社交媒体上的网络暴力常常让他们又惊又恐，心里的小秘密和羞耻感，让他们担心父母不理解以及由此而来的严厉责备，所以即使希望得到帮助，也欲言又止。

《孩子，别玩手机了：触屏时代的七个教育关键》[*Screenwise: Helping Kids Thrive (and Survive) in Their Digital World*] 的作者德沃拉·海特纳（Devorah Heitner）归纳出了社交媒体时代孩子面临的三种挑战，分别是：人际关系、声誉和时间管理。很多时候，这三者是交织在一起的。拥有良好的人际关系会获得不错的声誉，这些又都需要花时间去经营。什么样的人际关系就算不错了呢？怎样能够获得别人好的评价？这需不需要一直顺从别人？如何保有自我？在社交媒体上要花多少时间经营这些呢？

帮助孩子设立交友界限非常重要。

比如，孩子要能够明白线上朋友与线下朋友的区别，知道一个人的受欢迎程度不能仅仅以微博的粉丝数、朋友圈的点赞数来衡量，了解如何用隐私设置来管理自己的社交档案，能够区分什么是一般的交往摩擦，什么是残酷的网络暴力。

这些问题，恐怕我们多数做父母的之前也没有仔细考虑过。不过，从现在开始思考也不迟。无论是我们还是孩子，最理想的情况是，在线上和线下都能建立和维持健康的朋友关系。

再比如，父母以身作则，帮孩子树立正确的数字道德观，不要因为网络的匿名特性随意发泄情绪、辱骂他人；要尊重他人隐私，在发布与他人有关的内容时要征得对方允许。

具体来说，你需要确保孩子对自己有一个良好的认知。你要经常告诉他："你是一个优秀的人，你发的微博、你的评论会给他人带来影响，所以要力争把事实搞清楚，观点的表达方式要能反映你的人品。"

其实，只要你用心，就会发现有很多机会可以教导孩子。

培养孩子鉴别力的一个好方法，就是让他学会对自己使用的媒体平台进行鉴定和评价。我们可以鼓励孩子来聊聊他的小伙伴们使用的软件、常玩的游戏，让他识别哪些是积极的、哪些不太积极。你可以由此了解到他的价值观、看法以及判断标准，并在适当的时候给出指导。

我们要达成这样一种平衡：既要教会孩子做判断，又要让他们不变成过于苛刻的人。

必须承认，生长在互联网时代的孩子，他们的状态更容易受到外界影响。如今校园八卦可以通过社交媒体迅速传播，这种影响要比我们小时候和同学闹矛盾来得更加持久，波及面也更大。有一些孩子甚至因此想不开。如果孩子特别在意自己的朋友圈被回复和点赞的情况，那会进一步增加他的不安全感。

所以，要培养孩子有自己的思想，去主动结交那些亲善、友好的朋友。这不仅是现实交往中的原则，也适用于线上互动，比如处理社交媒体和网络游戏中的关系。如果社交媒体让你的孩子有消极的感觉，那么，你非常有必要给他安排一些"不插电"的时段，让他与网络暂时隔绝一下。

在孩子的幸福行囊中装入的第五件宝物，是接受生活和人性的复杂性。

成长和认识自我的过程非常复杂，父母要帮助孩子理解：

这个世界不是完美的，我们每个人也是不完美的。遇到挫折和误解，是迟早会出现的事。我们要接受这个事实，但并不意味着自暴自弃或无所作为。当孩子在一个群体里受到冷落和排斥的时候，要教孩子首先自我反省：是不是做了伤害别人的事情？如果孩子反思后发现问题并不是出在自己身上，那么，你就要告诉孩子，坚持自己的原则。如果别人产生了很深的误解，一时解释不清，那就要给彼此一点时间，相信日久见人心。

作为父母，我们要鼓励孩子感受和分享复杂的情绪，而不是急着去评判或制止某些想法。孩子如果能关注自己各种相互冲突的情绪、感受，学着调和它们，驾驭它们，慢慢就能掌控自己的行为了。你可以说："孩子，我明白你有点嫉妒了，对不对？产生这样的情绪很正常，不过我们不能被它控制。别人的成功可以给我们什么启发，让我们下一次做得更好？"只有当孩子没有顾虑地充分表达情感，并学习与各种负面情绪相处时，才能拥有稳定而开放的情绪特质。父母可以做的是允许孩子"想哭就哭"，并陪伴在他身边，给他一个温暖的拥抱。

自我验证理论（self-verification theory）是心理学中的一个概念，由威廉·斯旺（William B. Swann）提出。如果一个孩子认为父母不够爱自己是因为自己不够好，他就会做出更多的荒唐事来证明自己的确不值得被爱。反过来，如果他感受到父母深切的爱，有充分的自尊与自信，他就会为自己勾画值得追求的梦想和愿景。梦想越具体，实现的可能性就越大。积极心理学一直在研究如何培养有积极情绪能力的孩子。他们发现孩子的情绪风格在儿童时代就形成了，在青少年时期得到加强。要帮助孩子建立稳定的人格特质和心理韧性，家长需要给予信任与认可，在孩子遇到成长之痛和环境的压力时，帮孩子找到迟疑的原因并给予他们鼓励和爱。这些准备，能让孩子有更好的机会，去践行他的自我实现预言。

　　为人父母，最大的喜悦之一就是能再次体验成长的快乐，与一个和你有着血脉联结却有完全不同性格的小人儿一起，去共同探索世界的奇妙奥秘，并且始终拥有相互的信任和爱。终有一天，你最大的成就感，来自他可以独立走上人生的旅程。你目送他远去，既依依不舍，又充满信心：因为，他背着你为他准备的幸福行囊。

当我们决定放过

2022 年，美国评分最高的电影是《瞬息全宇宙》（*Everything Everywhere All at Once*），横扫奥斯卡七项大奖。这是一部初看荒诞疯癫，却回味悠长的电影。

杨紫琼饰演的 Evelyn 是一位被生活压得喘不过气来的洗衣店老板娘，挣扎在失智的父亲、申请离婚的丈夫、同性恋女儿和税务局稽查的困境中。突然，她被告知，在其他世界里还有另外的生活。她在不可置信中逐渐打开了通往平行宇宙的大门，发现自己还曾经是电影明星、厨师、武林高手、街头推销员……

一开始她惊恐万状，继而愤愤不平。她对丈夫说："我看到没有你，我的生活有多好！"她也看到她的女儿，常常变装为奇怪的形象，总想置她于死地，母女像一对纠缠不清的冤家，撕扯不清。

在世界的末日，她和女儿化作两块山顶的顽石，无声地继续她们笨拙的沟通："我们很傻，很渺小……每一次的新发现都在提醒我们，我们都是渺小且愚蠢的。""某些东西解释了为什么经历了这么多不愉快，你还是想找到我，为什么无论如何我就想待在你身边。"最终她聚合了自己在各个宇宙里的能力，紧紧抱住即将被黑洞吞噬的女儿，告诉她"就算不成器也没关系"，就连化身石头的她也勇敢地追随女儿滚落山崖，以你跳我也跳的决绝，完成了现实世界中的接纳与和解。

而她的丈夫 Waymond 对她说："尽管你一再让我心碎，如果有来生，我还是会选择和你一起，报税，开洗衣店……"

虽然有着失望和争执，这一家人还是选择了谅解，并且用尽了打通宇宙的力气彼此拥抱。

爱与依恋的模式，深刻地影响我们的一生。

在情感关系中，有复杂的成分：爱，依恋，试探，掌控，博弈，有可能同时出现。是什么让我们放弃一段感情，却抓住另一段不放？主动性，是我们判断感情纽带韧性的关键。

"想去爱"，是主动的，是一种由衷的吸引和奔赴，心甘情愿的包容与接纳，而"需要爱"，却有可能是在物质和情感上处于劣势时的索取和填充，它是被动的。一旦空虚有所缓解，关系的韧性就下降了。我在《瞬息全宇宙》里看到的，就是这种"想去爱"的惊天动地的力量。

但是，即使有了如此强大的爱，即使是至亲，我们在沟通上还是常常显得笨拙。

许多人与父母兄妹子女的关系是有障碍的。其实，仅仅是一场争吵，并不会摧毁一段关系，甚至争吵也可以是另一种沟通。争吵并不可怕，可怕的是冷漠，是把不愉快埋在心里，彼此却疏远了。我的朋友中就有好几位告诉我，年轻时与父母有隔阂，一直没有解开心结，等到鼓起勇气去沟通时，父母却已经离开，或者得了阿尔茨海默病，已经认不出自己的子女，留下终生的遗憾。

那么如何在不算太晚的时候，进行有效的沟通呢？心理学家们提出了一些建议：

第一，保持内心的坦诚，敢于袒露自己真实的情感。要记住，如果你自己不说，就别指望对方会猜到你的心思。

第二，等双方情绪冷静下来再表达，所谓先处理情绪，再处理问题。

第三，客观地描述自己的感受："这件事让我感到很委屈……"而不是一味指责对方："你就是从来不尊重我……"

第四，学习准确地表达，用恰当的语言表达自己的感受，尽量不用夸张的语言，以免刺激到对方，使争吵升级或被引导向其他方向。

第五，对于自己的原则立场坚定，不必为了表面的和解而自欺欺人，因为这样反而埋下关系的隐患。

生活里，我们不仅需要学习如何接纳身边的人，也要学习接纳一些不愉快的经历。

人的心理机制非常巧妙，它只让我们感受到自己可以承受的痛苦，这样我们才不至于崩溃。那些难以承受的痛苦，被放在了"否认"的篮子里，沉入记忆之大海，这也被称为"心理防御机制"。一切和解都是从处理内心的负面情绪开始的，首先就要把这些尘封的记忆重新打开，勇敢地面对它们，承认痛苦的存在，承认内心的恐惧，承认悲伤和愤怒。当然，这么做并不容易。

美国知名教育学家布鲁斯·费希尔（Bruce Fisher）和心理学家罗伯特·艾伯蒂（Robert Alberti），在他们的著作《分手后，成为更好的自己》（*Rebuilding: When Your Relationship Ends*）中，把关系破裂后的生活重建比喻为登山，帮助那些失去亲人或离婚的人重建人生。

他们把重建自我分为三个主要阶段：第一阶段，从低谷出发，处理自己的负面情绪，接受并与之相处。就拿另一半出轨造成情感破裂来说吧，感受到背叛和伤害、恐惧和愤怒，是正常且不可跳跃的过程。正是从承认与接受出发，才能找到适应与超越的可能。他们认为，与过往的一段经历和解，与原谅某个人不是一回事。你可以不原谅一个人，但依然可以与一段经历和解，而不是一直惩罚自己，否定自己的感受。某种程度上，这也是对自己的仁慈。只有这样才能进入登山的第二阶段，即重构爱的能力，积累爱和信任，更成熟地面对下一段感情。而第三阶段就是找到未来新的目标，登上山顶，享受一览众山小的豁然开朗，重获内心的自由和创造幸福的能力。

从接受令人痛苦的现实，到重获信心和希望，不妨看看电影《仙境之桥》(*Bridge to Terabithia*)。电影讲述了出身寒门的男孩杰西和一位叫莱斯莉的女孩的故事。他们一起到树林里玩耍，制作绳索秋千荡过河流，意外地在树林深处发现了一座树屋。他们约定，这里就是他们的秘密花园。他们用玩具和照片装点树屋，还指挥想象中的"天兵天将"与妖魔们打仗，不亦乐乎。一场大雨之后，河水暴涨，莱斯莉因为没有找到杰西独自前往花园，却在过河时不幸被洪水冲走，失去了生命。

杰西无论如何不能接受这样的事实，他责怪自己为什么没能陪伴在朋友身边，那样她就不会死了。他不断地折磨自己，对一切都失去了兴趣。直到有一天，他仿佛听到莱斯莉的呼唤，问他为什么不去把他们曾经一起设计的小桥搭建起来，这样过河的孩子们就不会再有危险了。于是，他找来木材，自己动手，建起了一座木桥。这座桥跨越河流，通向森林。有更多的孩子通过这座桥，在树林里快乐地玩耍。这座简陋的小桥，在杰西的眼中，就是一座仙境之桥，他仿佛看到莱斯莉化身仙女，站在桥头向他微笑。

亲自动手创造的过程就是杰西自我救赎的过程，把无形的真挚友谊化作有形的桥梁，他也借此跨越了痛苦的鸿沟，重建与未来的联系。

接纳他人，接纳过往，关键往往在于接纳自我。瑜伽有一个体式叫"山式"，就像山一样稳稳地站立。它是所有站姿的基础，也是在练习高难度动作后恢复的一种姿势。无独有偶，太极里最基本的一个体式是蹲马步，双腿分开，双臂抱圆于腹前，全身放松，精神集中，达到松沉稳实的状态。无论做什么复杂套路，总要回到这个原点。我们与这个世界的交往，与他人的互动，需要有个稳定的原点支撑，那就是在与他人和解之前，与自己和解。

我们追求优秀，但并不是因为优秀才值得被爱和尊重。演员思文说，"先拥抱自己，再拥抱世界"。她说自己从小是个要强的孩子，妈妈对她的要求也很高。长大后辞去稳定的工作做起演员，每每因害怕自己表演失误而惊醒。她意识到，自己太在意结果了，没有享受过程。即使身边并没有妈妈提出考第一名的要求，自己也俨然已经变成了母亲，用严厉的眼光评判自己。

有一天她在公园里跑步，突然意识到自己在呼吸的空气是多么清新，鸟儿的鸣叫是多么动听，好像发现了一个新世界。她说她第一次不是为了控制体重而跑步，而是享受跑步本身。那一刻好像有光照进来，整个人都觉得很舒服。这就是爱自己的感觉。她说我们一生要学习跟很多事和解，原生家庭、情感关系、生病与衰老等等，但首先是与自己和解，不要"卷"自己。

当代女性往往在多元社会角色中被寄予很苛刻的期待。"上得了厅堂，下得了厨房，买得起房子，打得过小三，既是职场女强人，又是性感女神，还要做贤妻良母……"而男性就很少被这样要求。2023年风靡全球的电影《芭比》（Barbie）里也有这样精彩的台词："你必须瘦，但又不能太瘦，你不能说自己想瘦，你得说你是为了健康，所以你还是要瘦！""你要有钱，但不能张口要钱，否则就是俗……如果男人干了荒唐事，就是女人的问题，可是如果你公之于众，他们就骂你是怨妇。"

这种苛求，其实还是受到传统性别分工的影响。世上没有完美的妻子或完美的母亲，我们只能尽力，而且也需要伴侣和家人一起分担，才能实现所谓的平衡。

是时候卸下完美女性的重负，诚实地面对自己和家人，包括孩子了。演员张踩铃就给孩子编了一首别样的摇篮曲："宝宝快睡，宝宝快睡，睡了妈妈要去喝一杯；宝宝快睡，宝宝快睡，喝完我还要去唱 K。"

我去哈佛大学采访心理学家丹尼尔·吉尔伯特教授（Daniel Gilbert）时，他在自己的书《哈佛幸福课》（*Stumbling on Happiness*）上写道："澜，祝你拥有大幸福和小坎坷。"（With all the best wishes for great happiness and small stumbling.）接纳自己的不完美，原谅生活的不如意，并去创造人生的意义——这就是幸福的密码。

第六章

找到意义：

用相信
点亮生命的火花

善者生存

善良的牛郎引得织女下凡，善良的白雪公主有白马王子来拯救……这是我们从小接受的教育。你第一次怀疑这种说法是什么时候？你再一次相信它，又是什么时候？

人性本善，还是人性本恶，人类争论了数千年。为什么我们可以为远在天边素昧平生的人解囊相助，却对身边的人置若罔闻？为什么我们会帮一个走丢的小孩找到父母，却在网络上对一个念错了几个字的青少年恶言相向？

善有善报，恶有恶报。有没有想过，善良，作为人类普遍接受的道德观念，有着生物进化论的基因？对于我们的祖先来说，生存机会不在于我们征服了多少敌人，而在于我们交了多少朋友。

我们都知道达尔文"适者生存"的进化论。但是，适者生存，是不是只有丛林法则，你死我活？美国杜克大学演化人类学教授布赖恩·黑尔（Brian Hare）和认知科学家瓦妮莎·伍兹（Vanessa Woods）合著的《友者生存：与人为善的进化力量》（*Survival of the Friendliest: Understanding Our Origins and Rediscovering Our Common Humanity*）一书，讲述了人类自我驯化的过程。他们认为，面对危险、资源有限的环境，智人通过自我驯化，发展出一种适应环境的生存能力：友善。

最早的人属物种都是非常暴力的。他们面临的最大威胁不是动物侵袭和食物匮乏，而是来自其他人的抢夺和伤害。在狩猎采集时期，有 10%—15% 的人是被其他人杀死的。智人发现，如果他们的团体成员越多，合作协同越好，就越有可能抵御外界的攻击和获取猎物。他们因此发展出更强大的交流合作能力，这又进一步刺激了大脑认知功能的发展，促成新工具和新技术的产生，促进了族群的生存和繁衍。彼此分享食物和住所，互相信任，协同围猎一只猛兽，或者看到他人的婴儿啼哭，忍不住抱过来抚慰一番，这逐渐成为族群的生存优势。而这个过程，就是自我驯化。

两位作者写道，一个显著的进化特征是色素沉积，而人自我驯化的颜色变化就在眼睛的巩膜上。要知道，除了智人，大部分灵长类动物的巩膜都是深色的，站在稍远一点的地方，就很难判断它凝视的方向。但是人类白色的巩膜（就是眼白的部分）为心灵开了一扇窗，能够让彼此通过眼神来判断情绪和想法，关注同一猎物或危险，形成交流和理解，甚至表达爱意。

有关利他行为具有进化意义上的价值，哈蒂和凡福（Hardy & Van Vugt）在 2006 年的一篇论文中指出，从短期看，利他行为让利他者付出代价，但是从长期看，利他者会得到更多的友谊和信任、更多的合作机会和更高的社会评价。甚至，在配偶的选择方面，利他者会具有更多优势。人们倾向于选择有利他行为的人作为长期的生活伴侣（所以织女因为牛郎的善良而愿意嫁给他，是完全合理的选择）。人类社会普遍以善良和利他作为所崇尚的道德标准，并不是凭空而来的。

善良不一定是指大手笔的捐赠。被称为日本经营之圣的稻盛和夫曾在接受我采访时说起短暂出家的故事。一日，他托钵化缘，走街串巷，脚都磨破了，也没能得到什么食物。就在他心灰意冷时，瑟瑟寒风中，一位扫地的老妇往他的碗里放了 200 日元，这让平日里经手亿万资金的他感动至极，热泪扑簌簌地流下来。这就是善。

穷人问佛：我为什么穷？佛说：你没有学会给予。穷人：我一无所有，怎么给予？佛说：一个人即使没有钱，也可以给予别人五样东西：一句真诚的赞美是言施，一个由衷的微笑是颜施，一番诚恳的交谈是心施，一个善意的眼神是眼施，一个举手之劳是身施。

拿言施来说吧，适当的赞美如春风化雨，滋润人心。海伦·布朗（Helen Brown）是《大都会》杂志的前主编。在"二战"后女性主义高涨时期，她提出"好女孩上天堂，坏女孩走四方"的大胆主张，影响了一代美国女性。我采访她时，她已经80多岁了，满脸皱纹，背也有些驼了，但仍然喜欢鲜艳的衣服和亮丽的口红。她每天出门时有个习惯，就是在地铁或街头观察那些行色匆匆的年轻人，遇到穿着得体的男生或女生，她就走上前去，拦下他/她说："请你别介意，我想跟你说一句话：你看上去帅极了！"还不等对方反应过来，老太太就扬长而去了。我想，那位幸运的年轻人这一天都会感觉良好吧！

善，既不是卑微的牺牲，也不是傲慢的施舍或高高在上的炫耀。尊重他人，亦让他人获得自尊，是善。有一个真实的故事：在柬埔寨，一名以种植稻米为生的农夫，在一次田间劳作时踩中了美军遗留的地雷，被炸断了一条腿。他虽然保住了性命，还装上了假肢，却终日以泪洗面，无法再去种田，甚至到了衰弱得起不了床，想一死了之的程度。他得了抑郁症。当地村民不知道什么叫抑郁症，但他们决定要帮帮他。他们众筹了一头奶牛送给他，这样他不需要走太多的路，还可以通过卖牛奶获得收入。几个月之后，农夫的精神状态明显改观，他有了活下去的资源和信心。

有人认为，在竞争激烈的丛林里，善良就是懦弱，必遭淘汰，他们唯恐被他人视为弱者。其实善良是一种基于内在力量的主动表达，而懦弱是一种空虚的被动表达，两者有天壤之别。也有人说，为什么我们常常见到好人受欺，小人得势呢？那就要提及另一个关键词：时间。"不是不报，时候未到。"善，有它更长的曲线。不是今天你扶老人过了马路，明天就能中彩票；也不是今天有人算计了你，明天他就得遭雷劈。星云大师在采访中对我说："很多人对敲头钟、烧头香有很大的误解。拍卖出那些高价，往往是贪婪和虚荣使然。我们所说的佛，其实是不存在的。佛就是你内心的信仰——自律、乐观、慈悲、不断提升。"善让接纳和信任发生，让欣赏和尊重传递，让家庭邻里更加和睦，更重要的是，它增加自尊和内心的平静。一个自我认同和被社会接纳的人，不仅更轻松快乐，就连免疫力都会增强，难道不是最好的福报吗？心理学家们还发现，看到别人行善，也能给我们带来幸福的感受，因为能发现别人的善，也是一种对内在信念的肯定和奖赏。善，就是对善的奖赏。

善，是人性之光。20世纪20年代，弘一法师对弟子丰子恺建议说，现在正是世事动荡、生灵涂炭之时，我们来画一本《护生画集》，唤起人们对生命的仁爱和慈悲，你画图，我配诗并书字。于是，有了他们笔下那些可爱的大白鹅、小蝈蝈，还有天真无邪的童言童语……"文革"期间，丰子恺先生屡遭迫害，只能住在小阁楼里，蜷在一张连双腿都伸不直的床铺上。他仍记着自己对老师的承诺"世寿所许，定当遵嘱"，拖着病弱身躯，偷偷摸摸地继续这项创作，终于有了《护生画集》的第六集，并于 1979 年正式出版。此时他已经去世 4 年，弘一法师去世 37 年，而这份善，生生不息。

大屠杀幸存者犹太化学家普里莫·莱维（Primo Levi）写过一部回忆录——《活在奥斯维辛》［（Survival in Auschwitz），又名《这是不是个人》（If This Is a Man）］。他用平静的第一人称自述的方式，讲述了自己的真实遭遇：被剥夺了财产、自由和尊严，在饥寒交迫和繁重的劳作中，死亡如影随形，每天都有一些人被点名拉出去处决。即使在这样非人的环境里，他还是能体会到那个给他们做饭的人的点滴善意：有时是从泥土里多挖出米儿个土豆，让汤稍微浓稠一点，有时是趁看守不注意，给生病的囚犯多半片面包……这微弱的人性之光，让他鼓起残存的勇气熬到下一个黎明。善心不泯，便是希望。

善，有其宽阔的含义。人类是拥有共同价值的。积极心理学发现，各种民族的文化中，对于与幸福相关的美德特质有趋同的现象，比如，鼓励智慧和知识、勇气、仁爱、正义感、自我节制和精神卓越。与此同时，我们偏爱那些与我们有共同血缘的人、相貌更相像的人，因为在潜意识中，我们认为他们会在必要时帮助自己。相应地，我们的本能也会表现出对"外人"的排斥和抵触，因为人类在自我驯化的同时，也相应增加了一些攻击形式。这就是"非人化"的倾向。它表现为共情能力下降，把对方归为异类，在道德上贬低对方，甚至认为他们是比自己低一等的族群。在战争中，最能体现这种有组织有系统的非人化倾向，比如，殖民者对非洲人的奴役和纳粹德国对犹太人的虐杀。

善，有时被蒙蔽，但终究可以被唤醒。在小说《西线无战事》（*Im Westen nichts Neues*）中，一位年轻的德国士兵在战壕里与一位法国士兵肉搏，并且用匕首重伤了对方。当他看到对方口吐血沫，在痛苦中扭曲挣扎时，他的人性被唤醒了，竟然试图去安抚对方。法国人最终咽了气。德国士兵从他的胸前口袋里发现了一张磨旧的照片，可以猜测是对方的妻子，这场景多么像在战役前，他与自己的战友们分享各自家庭的照片……他实在受不了了，像一个无助的孩子一样，忍不住放声大哭。

增进友善、减少敌对的有效方法，就是接触。三年疫情造成的旅行障碍和社交限制，让个人与个人之间（当你的邻居感染了病毒）、社区与社区之间（当村里来了疫区的访客）、国家与国家之间（你停我的航班，我就停你的）都多了隔阂与冲突。当你看不见对方的眼睛和眼神时，信任感就会大大降低，语言上也变得更刻薄甚至残忍。社交网络上人们以匿名的方式发表观点和意见，缺少道德约束，往往更容易产生网暴。

当然，如果我们逆转这个过程，也有可能让环境变得更加友好。比如，美国的种族隔离政策被打开突破口，是从 1955 年黑人女性罗莎·帕克斯在公交车上拒绝为白人让座开始的。马丁·路德·金带领黑人社区，进行了 381 天的抵制公交车运动，直至这项种族隔离政策被取消。新加坡在建国初期，为了减少族群之间的偏见与歧视，就制订了族屋的混居方式，让马来裔、华裔、印度裔的孩子们从小在一起玩耍读书，有效地维护了族群之间的相互理解和包容。其实，这就是心理学中的"邻近效应"，有了面对面的交流，彼此的好感度就会增加，也更自然地释放善意。

北美印第安人有个传统，当孩子懂事之后，祖父母会告诉他："在我们心里有两匹狼在打架，一匹代表爱、仁慈、慷慨、诚实和友详，另一匹代表嫉妒、仇恨、虚伪和吝啬。"孩子问："哪一匹会赢呢？"祖父母回答："我们喂养的那匹。"

善是美的。两千多年前，孔子对《韶》乐的评价是："尽美矣，又尽善也。"《韶》乐动听美妙，表现的是远古圣王的贤德，让人获得善的教化，所以"尽善尽美"。善，来自进化，也来自教化；它愉悦接受的人，也愉悦给予的人；它培养自信，也创造联结；它是生存的必需，也守护共同的希望。

美的救赎

美是对幸福的承诺。

人对于美的感受与体验，既是客观的，也是主观的；既是感性的，也是理性的；既是身体的（它刺激大脑中血清素、多巴胺等神经递质的释放，并抑制皮质醇的分泌），也是心灵的；既是个体的，也是群体的。通过审美，我们获得很多正向的体验：和谐、优美、喜悦、惊奇、爱……也因为审美，与他人（不管是几千年前的诗人，还是素未谋面的音乐家）产生情感的联结和共鸣，并借由相似的审美品位结交新的朋友。如果足够幸运，我们还能在"美"中一窥宇宙的真理和精神的超越。在《诗学》中，亚里士多德认为，观看舞台上的悲剧，能唤起同情和恐惧，而这些情感在剧终得到释放，让观众感觉受到净化。尼采讲酒神精神，认为艺术具有超越苦难、拯救人类的意义，艺术的真实甚至比现实更真实。弗洛伊德相信，参与艺术（无论是作为艺术家还是作为观众）是应对无意识的本能式欲望的一种方式。这使得人们有机会把内心的禁忌转化为受到社会认可的创造力，从而释放压力，获得慰藉。

科学家对美有独到的认识和表达。比如，爱因斯坦的狭义相对论把能量和质量的关系表述为 $E=mc^2$，何等简约，却描绘了宇宙普遍存在的规律，这不美吗？真理是美的，美是真理。我曾有幸两次采访数学家丘成桐先生，他是首位获得数学最高奖菲尔兹奖的华人，也对文学艺术充满热爱。他把对数学的认识上升到了美学的高度："我认为世界上的美必须以真理为基础，才称得上'美'。美超越时空，但唯一能够真正超越时空的只有真理。我坦白讲，真理其实只有一个——那就是数学。天地万物可以改变，唯独数学真理不能改变！"

他认为："数学家用严格的逻辑系统建设了不同的数学系统来描述大自然，在这个过程中我们看到大自然如何建立自己的结构，它瑰丽壮观，万物难以比拟。数学是一个重要的桥梁，是美与真理之间的桥梁。没有这个桥梁，我们无法从对美的感官体会，上升至对真理的理性认知。"

很多人都知道王阳明格竹子的故事。王阳明年轻时和朋友希望格物致知，坐在那里盯着竹子看了七天，但什么也没看出来，还大病一场。后来他创立心学，说"心即理""心外无物，心外无理"。但如果他当年用数学的方法格竹子，也许就能格出些名堂来。

丘成桐教授是怎么"格"竹子的呢？他说："第一眼看竹子是一条直线。构造这条直线，就引入了自然数，从1、2、3、4开始，这是一个基本的数学结构。接着，我们构造了分数，1/2、3/4。下一步怎么办呢？希腊人构造了无理数。他们用一组垂直的线构造三角形，两边长为1，斜边的长度为$\sqrt{2}$——这就是希腊毕达哥拉斯学派的发现。我们还可以用几何的方式格竹子。找一个固定半径的小圆圈，它和直线垂直，圆心沿着直线拉出去，就可以得到圆柱。而描述这个圆柱最佳的数学方法是复数。加上复数的结构后，圆柱在数学上叫作黎曼面。黎曼面在描述二维空间及在现代物理学中的应用广泛，实在是威力无穷。"

他津津有味地继续说："而画家笔下画竹子的水墨趣味，也可以用数学来描述。它被称为'波'，跟虚数有密切关系。虚数是研究动力系统最重要的数，量子力学也要用到虚数。从虚数到二维空间，到三维空间，我们对波动方程、波动的种种现象都清楚不少……"

他用数学理性描述的自然之美，引人入胜。当然，我们不一定要做数学家才能感受川西竹海的浩瀚或郑板桥笔下竹子的风骨。爱美之心，人皆有之。普通人对美的喜爱，是不需要写论文的。德国哲学家康德（Immanuel Kant）说过，美是一种无目的的快乐。我相信，审美是我们与生俱来的一种能力。

人有超越生理需求的精神追求，艺术因此诞生。艺术之美，是一种流动的体验，在创作者和受众的情感交互中完成。作为不同的个体，我们常常因自身的特性而对某些艺术作品更为敏感。

也许是诗词。那是"关关雎鸠，在河之洲"的纯真，是"大风起兮云飞扬"的豪迈，是"黄河之水天上来"的浪漫，是"下则为河岳，上则为日星"的浩然正气。叶嘉莹教授在解释中华诗词之美时，说诗人以"赋、比、兴"的方式，借助外在世界，投注了内心的生命，引发读者的联想与感动。因此诗词是滋养心灵的。

也许是绘画。画家，善于将外部世界内化为胸中乾坤，然后创造出神形皆备的作品。比如，元代汤垕在《画鉴》里说："山水之为物，景造化之秀，阴阳晦暝，晴雨寒暑，朝昏昼夜，随形改步，有无穷之趣。自非胸中丘壑汪洋如万顷波者，未易摹写。"达·芬奇一生都在运用晕染法，"你所画的阴影和光线应该像消散在空气中的烟一样没有轮廓和界限"。凡·高在给家人的信中写道，自己完全"沉浸在绵密交织的麦田中，它们一直延伸到山边，宽阔如大海，鲜嫩的鹅黄，精妙的嫩绿，一块块犁过、除过草的土地则有着精妙的紫色。所有的景物都笼罩在有着精妙蓝色、白色、粉色、紫色的天空之下……"

也许是音乐。音乐在触及情感方面尤为直接。语言的尽头，就是音乐的开始。传说伶伦听到凤凰的鸣叫而截竹为笛，制定音律。伯牙、子期高山流水，引为知音。它是让孔子三月不知肉味的绕梁余音，是巴赫完美平衡的和弦，是嵇康从容赴死时弹奏的《广陵散》，是格什温摄人心魄的《蓝色狂想曲》，是苏格兰风笛的开阔苍凉，也是黑人灵歌的痛苦与炽烈，还是古刹传来的空灵钟声……

也许是舞蹈。中国古人说："情动于中而形于言，言之不足，故嗟叹之；嗟叹之不足，故咏歌之；咏歌之不足，不知手之舞之，足之蹈之也。"（《毛诗序》）

也许是文学，也许是戏剧，也许是雕塑，也许是电影……艺术的形式丰富多元，或让我们感受和谐安静，或让我们感受紧张刺激，通过人体不同器官的体验，强化了我们内心的经验并彰显生命的意义。

艺术之美，使人类能够抵御死亡之恐惧。2023 年，日本作曲家坂本龙一的最后一张专辑《12》发表，其中曲目的名字是一连串表示录制时间的数字。用这种方式，他把时间切成转瞬即永恒的切片，曲子更加优美和短暂，仿佛是退后一步，凝视死亡时看到的景象。爱因斯坦曾说："什么是死亡？死亡就是再也听不到莫扎特的音乐了。"

艺术之美，相互融合。中国古人有"诗中有画，画中有诗"的追求；张旭看公孙大娘舞剑而得草书之神；德国作曲家马勒读到李白的诗句，创作交响乐杰作《大地之歌》；毕加索受日本浮世绘影响，打破空间限制大胆构图；朱屺瞻先生说，绘画的最高境界是音乐的境界；建筑也常常被称为凝固的音乐。科学与艺术之间也相互启发。天文学家开普勒说他发现行星运动的三大定律是受到了家乡巴伐利亚民歌《和谐曲》的影响，中国第一首小提琴曲《行路难》（1920年）是地质学家李四光所作……

艺术之美，触发共情。我们的内心对外在事物有所感应，外在事物也是内心世界的反馈。共情发生在个体生命中，杜丽娘看到姹紫嫣红开遍，心中便生起对爱的向往；林黛玉看到落英无数，便为青春的短暂和命运的漂泊而神伤。共情也发生在群体中，史学家许倬云先生在散文集《往里走，安顿自己》中就写道，人的内心会因受到艺术的刺激而产生激烈的情感波动。他说小时候，有剧团来台湾的眷村演出《四郎探母》，当演员演到杨四郎冒着杀头的危险，连夜奔赴宋营去见母亲佘太君一面，又要连夜赶回番邦，免得害死那里的妻、子，在这万般矛盾和痛苦中，跪在地上，用膝盖爬到母亲身边，头放在母亲的膝盖上，喊出一声"娘啊……"，全场观众内心的悲情一下子被释放出来，没有一个不哭的，甚至号啕大哭20分钟之久，给年轻的他留下终生难忘的记忆。

艺术之美，并不停留在形式上的赏心悦目，而是让我们有面对苦难的力量。启蒙思想家莱辛（Gotthold Ephraim

Lessing）在《拉奥孔》里谈道，艺术在扭曲中保持美的协调，是一种"美的克制"，他指出古希腊雕塑所体现的"高贵的单纯和静穆的伟大"，让悲剧可以传递出动人的情感和精神的超越。尼采认为"每部真正的悲剧都用一种形而上的慰藉来解脱我们：不论现象如何变化，事物基础中的生命仍是坚不可摧和充满欢乐的"。2019年年初，我在东京观看了《颜真卿——超越王羲之的名笔》书法展。在上千幅历代书法作品中，《祭侄文稿》不是最飘逸潇洒的，却是最冲击心灵的。唐朝时安禄山叛乱，用残忍的手段杀了颜真卿的哥哥颜杲卿和颜家大小30多口人。《祭侄文稿》中追叙了颜杲卿父子挺身而出，取义成仁的事迹。它不是蘸着墨写成的，而是浸满了血泪，是中国书法史上最沉痛也最深情的文字。最初，文字克制而工整，随着悲恸的情感迸发，笔法也开始驰骋。字里行间的涂改、圈点显示了颜真卿思绪的强烈震荡。当他写到"父陷子死，巢倾卵覆"这几个字时，笔墨的纷乱让那相隔一千多年的悲痛和激愤扑面而来，观者无不为之震撼。

艺术之美，让我们有超脱凡俗的升华力量。和很多中国人一样，我是苏东坡的忠粉。几年前一听说故宫博物院举办苏东坡展，我就迫不及待地跑去看。最喜欢苏东坡的《寒食帖》。那是他在被贬谪到黄州的第三个年头，又逢寒食节，在凄风苦雨、病痛交加中写下的文字，至今读来仍感觉到不寒而栗。"小屋如渔舟，濛濛水云里"，他住的房屋千疮百孔，像漂泊在大海上的一叶孤舟，随时都有可能倾覆，就像他的前途一样。全帖最引人注目的地方之一，是"纸"（帋）字那长长的拖笔，带出情绪的高潮。之后再读苏东坡的《赤壁赋》，又能感受到开阔的精神境界："盖将自其变者而观之，则天地曾不能以一瞬，自其不变者而观之，则物与我皆无尽也，而又何羡乎！……惟江上之清风，与山间之明月，耳得之而为声，目遇之而成色，取之无禁，用之不竭，是造物者之无尽藏也……"在风雨骤来时无所畏惧，在清风明月中感到富足，在细雨柳色中品味人间清欢，在天涯海角教孩子们读书，写下"溪边自有舞雩风"。这是一个独立、旷达、多情又强悍的个体，他的精神与天地一样"皆无尽也"，是谓超越之美。

美的教育就是情感的教育。教育家蔡元培先生说："一个完整强健人格的养成，并不源于知识的灌输，而在于感情的陶养。这种陶养就在于美育。塑造全面完整的人，也正是美育的宗旨。"从 2007 年开始，我和吴征创办的阳光文化基金会就成立了艺术教育项目。2014 年，在北京成立的阳光未来艺术教育基金会更专注于让艺术进入那些缺乏资源的儿童群体，通过美育，促进儿童的全面成长。这些外来务工人员子弟或乡村儿童，通过美育公益项目，获得了更公平的素质教育机会。不过比知识和技能的学习更重要的，是孩子们自信心的提升，是感知力、想象力、创造力、合作力的激发和成长。截至 2022 年，项目已经覆盖了 100 多所学校的 20 多万儿童。

我们把这个项目命名为"爱的启蒙"："我爱生命""我爱家园""我爱生活""我爱梦想"；又在 2023 年推出"拥抱"乡村美育项目，让艺术家与乡村儿童双向奔赴，因地制宜，吸引当地村民的参与，让美不仅是个体的表达，也美化了校园，美化了乡村。将情感教育融于美育中，能够帮助孩子建立与自己内心、与他人、与社区、与自然的连接。

在艺术的连接中，美好的情感被表达出来，也传递给更多的人。有一位艺术家给外来务工人员子弟学校的孩子们每人都发了一只玻璃瓶，让他们带一瓶家乡的泥土回来。在他的指导下，孩子们将泥土一块一块地黏合在方格里。最终，这些装满各地泥土的方格排列组合，成为约 3 米长、1.5 米宽的艺术装置作品。孩子们发现，原来土壤有如此丰富的颜色："我们家的土是红的。""你们家的土是黑的。""我们家的土是沙子的。""你们家的土是黏的。"……日常被忽视的对家乡的情感一下子就变得浓烈起来。这件作品后来被命名为"多彩的土地"，被炎黄艺术馆收藏。看到自己的创作能进入艺术的殿堂，孩子们的眼神里尽是光彩……

美育不仅陶冶心灵，也有治愈的功能。近些年，"艺术治疗"在全球获得更多关注。建立在共情、共创、共享、共生基础上的艺术教室，鼓励人抒发内心的情感，在美的创造和欣赏中，增加心理层面的积极感受，提升自尊，并与他人产生情感的连接与反馈，获得慰藉和鼓舞。这些效果，已经得到临床心理学的验证。

专家们认为，艺术之所以可以"疗愈"，一是因为创作的过程带来负面情绪的释放和满足感，触发"放松反应"，降低心率和呼吸频率，提高血清素的分泌；二是因为艺术作品普遍具有象征意义，在欣赏和创作的过程中，成人或孩子将注意力从消极想法上转移开，这种"分心"效果比单纯负面情绪的宣泄更有益处，能增强积极情绪。舞蹈家特怀拉·萨普曾说："艺术是唯一不用离家出走就能逃避现实的方式。"

在人工智能时代，机器也介入艺术创作之中。2016年，我在英国南部的法尔茅斯大学采访了计算机科学家西蒙·科尔顿（Simon Colton）教授，他设计的人工智能程序"绘画傻瓜"在他的提示词下，画出了一把人类从没有画过的椅子，还进入了巴黎的知名画廊展出。半开玩笑地，我用五百英镑买下了它的第一张复制品。后来，人工智能生成的绘画屡屡进入拍卖行，NFT[1]作品交易潮起潮落，元宇宙风起云涌。到了2022年，人

---

1 Non-Fungible Token 的缩写，中文可译为"不可替代符码"，一种数字资产。——编者注

工智能生成的《太空歌剧院》获得艺术比赛大奖，ChatGPT、Midjourney 等人工智能正在帮助每个人生成文本、图像、视频，甚至微电影。每个人都可以是艺术家——或许我们本来就是！艺术产生的过程更像是游戏，不仅有人与人的游戏，也有人与机器的游戏。我们正在进入艺术新物种爆发的时代。科学与艺术结合，是创造力的空前解放。但与此同时，科技界对无缝、零摩擦的不懈追求，与艺术界对于独立、个性化和冲突的表达，尚在不断碰撞中。一些网络用户不满某款游戏界面中"令人生厌的永远的好天气"，决定合力将它改变成重度雾霾的天气，营造反乌托邦式赛博朋克世界应有的氛围……做了30年媒体的我强烈地感受到，空间即媒体、用户即内容的时代已经来临。过去，媒体是离身性的，是一张报纸、一台电视、一部手机；今天，媒体是具身性的，我们的五感都在吸收信息，手指轻轻一动，又可以分享传播出去，成为信息的神经节点。

2023 年 11 月，阳光媒体集团将在北京推出沉浸式数字艺术空间"MADverse"（音乐＋艺术＋设计 /music+art+design），打破美术馆、音乐厅和剧院的墙，为最具创新精神的年轻人提供体验和社交平台。艺术之美与科技之美在此融合，让每位来访者都成为美的创造者。

法国小说家福楼拜写道："艺术与科学在山脚下分手，却总是在山顶重逢。"著名华裔物理学家、诺贝尔物理学奖获得者李政道也说过："艺术与科学是一枚硬币的两面，它们源于人类活动最高尚的部分，都追求着深刻性、普遍性、永恒和富有意义。"

我更喜欢英国诗人威廉·布莱克（William Blake）的诗句，融合了科学与艺术的精妙，表达了物我同一的博大境界：

一沙一世界，
一花一天堂。
掌中握无限，
刹那即永恒。

To see a world in a grain of sand
And a heaven in a wild flower,
Hold infinity in the palm of your hand
And eternity in an hour.

万物的诗意，抚慰伤痛的心灵，庇护流浪的灵魂，架设温暖的连接，启迪无限的想象与创造。这世界上从来都不缺乏美，我们的幸福妙不可言。

幸福是一种选择

　　每当有人说，有一天人工智能会超过人类智能，我就不禁想：可是人类智能不只是知识和逻辑推理啊！那些复杂多变的情感，甚至我们的潜意识也是人类智慧的一部分。人工智能会主动追求幸福吗？它能感受幸福吗？如果把人类对幸福五花八门的定义都输入机器，搞不好机器都要崩溃了。

　　因为不仅每个人对幸福的理解与定义不同，在不同的环境和时间，同一个人对于幸福的定义也是变化的。

　　有关幸福的定义自古有两大流派，一是享乐派（Hedonic Approach），一是实现派（Eudaimonic Approach）。前者注重可感知的愉悦与快乐，美食、美景、美味、美色……人生得意须尽欢，莫使金樽空对月。及时行乐，满足身体真实的欢愉，哪怕稍纵即逝，也是一刻千金。后者强调认知真实的自我，并以此实现更大的善，包括自我接纳、积极的关系、自主、控制感、生活的意义和自我成长。但是我们这些凡夫俗子，谁又能

把这两者决然分开呢？倒是古希腊哲学家伊壁鸠鲁说得简单
扼要："幸福就是肉体无痛苦，灵魂无纷扰。"沙哈尔教授说：
"幸福就是当下的快乐与长远的目标。"

人是欲望不断膨胀的物种，对幸福的渴望水涨船高。在童
话故事《渔夫和金鱼》中，渔夫救了一条金鱼，后者为了报
恩，答应可以满足渔夫的愿望。渔夫有一个贪婪的老婆，她的
欲望不断膨胀，从仅仅希望得到一只新木盆，到有遮风挡雨的
木屋，再到住宫殿、做女王，还想奴役金鱼，最终惹恼了金
鱼，立刻把他们的生活打回原形。

"Be careful of what you wish"是一句常用语，说的是不要
乱许愿。欲望是欲望的终结，因为人类对自己想要什么常常
自相矛盾。在一个《阿拉丁》的改编版故事中，神灯中的精
灵可以满足主人的三个愿望。恶人为了无限扩大自己的权力，
许愿成为世界上最有力量的精灵。他如愿了，但也正因为如
此，他变成的精灵被收入神灯中，沉入大海。他是被自己的
贪婪吞噬的。

这些故事提醒我们不要被对物质和权力的贪欲奴役。但
是另一方面，精神上的永不满足正是人类不断探索的动力。
在歌德的笔下，浮士德博士不懈地追求爱情、知识和改变世
界的方法，虽然错误连连，失败惨重，却永不止步，顽强地
去探索自我的可能性。也正是这一份不满足，最终让他脱离

了魔鬼之手，升入天堂。

古今中外，人们给予幸福不同的定义：幸福 = 当下享受 + 长远目标；幸福 = 快乐 − 痛苦；幸福 = 个人快乐 × 分享人数；幸福 = 所得 ÷ 所愿……还有一种定义是"幸福是有意义的快乐"。幸福，有意义吗？

美国著名编剧兼导演伍迪·艾伦（Woody Allen）把自传的名字取作《毫无意义》（*Apropos of Nothing*）。小时候的他经常幻想自己功成名就的场景，住在高级公寓里，身边有美女相伴，手里拿着一杯马提尼，享受他人的恭维和羡慕。但是当他获得巨大成功，跻身他梦想中的阶层时，他说："我可以把生命看成悲剧或喜剧，这取决于我的血糖水平，但我认为它毫无意义。"

人生中总有那么一些时刻，我们会突然怀疑一切的意义。但对于有些人，这种时刻是黑暗和孤独的。2022 年 10 月 14 日 17 点 40 分，中学生胡鑫宇站在宿舍阳台上试图跳楼。他在录音笔上自语道："真站到这里反倒有点紧张了，心脏在狂跳，说实话没有理由，只是觉得没意义。"23 点 08 分的录音中，他又说："已经没有意义了，快零点了，干脆再等一下，直接去死吧。"人在轻生时常常表现为三无：无望，失去希望；无用，认为自己无论怎样做都无法出现转机；无尽，认为这种境况会持续下去，永无止境。这无望、无用、无尽的虚无，让我们即使只是读到他的录音文字，都感到寒气逼人。

电影《西线无战事》讲述了第一次世界大战期间一个德国连队的故事。高中尚未毕业的保罗·博伊默尔与他的几个同学，在为了祖国而战的互动中热血沸腾，瞒着家长报名参军。前一刻还振臂高呼着"到巴黎去"，下一站就被推向西线战场，被称为"绞肉机"的凡尔登战役。他目睹身边的战友一个个死去：在轰炸中，在毒气中，在火焰枪下，在肉搏中，为了一个鹅蛋被村童射杀，在绝望中自杀……他们的生命，依恋，尊严，梦想，伤痛，渴望，爱……就这样化为虚无。他们杀人，也被杀，人性一点点泯灭。当法德最终达成停战协议，前线的德国将军命令残余的士兵在停战钟声敲响前发起最后的攻势，已经麻木的他再次冲进敌人的壕沟，在搏斗中被对方同样年轻的士兵用刺刀捅进了心脏。钟声响起，他倚靠在泥泞的战壕边死去，此时西线一片死寂。这寂静震耳欲聋。"一战"中几百万人在西线战死，而战线的进退，不过几百米而已。深深的虚无感笼罩着欧洲。那时的人们如何能相信，仅仅十几年后，第二次世界大战将在同一块土地上发生……

这种深切的痛苦和无意义感让35岁的萨特夜不能寐。他在战俘营度过自己的生日，次年获释，开始撰写《存在与虚无》（*L'Être et le Néant*），宣称人生无意义，世界很荒诞。但他又写道，人可以在荒诞的基础上自我塑造，自我成就，从而拥有意义。他认为，人生的价值是所有行动的总和，人会成为什么样，完全由自己一系列的选择和行为组成，所以存在主义是一种人道主义。

苏格拉底说："未经审视的人生是不值得过的。"人类能具备的最伟大的优点，也许就是挑战人生原本是没有意义的这件事。这需要勇气。尼采说，人生毫无意义，但我们要赋予它意义。罗曼·罗兰说："这世上只有一种英雄主义，那就是在发现了生活的真相后，依然热爱生活。"

有一部动画片，叫《心灵奇旅》（Soul），讲的是一个寻找生命意义的故事。爵士钢琴家乔伊一直渴望成功，就在他得到一次替补机会，即将出人头地的时候，却意外遭遇车祸，几近死亡。在天堂，他的灵魂被安排了一个工作，那就是帮助一个迷失的灵魂22投胎。每个灵魂只有觅得自身的"火花"，才能投身于地球。但这个厌世的灵魂对此毫无兴趣，他坚信人生毫无意义，不值得转世为人，于是一次次逃脱。乔伊想尽一切办法鼓励他找到自己的优势所在，只要能获得成功，就能找到生命的"火花"。但是，最终让这个游荡的灵魂同意转世的原因，却只是在不经意间发现，闪耀在翠绿树叶间的阳光，街边冲你摇尾的小狗，就是生命的"火花"。不需要什么高尚的道理或者伟大的成就，不用向外寻找意义，"活着"本身就是意义，就是幸福。

古罗马思想家、演说家西塞罗（Marcus Tullius Cicero）说过："依靠自身拥有一切的人，不可能不幸福。"西藏有一句谚语："在身外寻找幸福如同在一个朝北洞穴里等待阳光。"16世纪的思想家王阳明，在被发配蛮荒，穷途末路时，躺进石棺里。那一刻他体验着死亡的冰冷，被彻底遗忘的痛楚。但他终于超越了这逼仄的困境，有了顿悟："吾性自足，不假外求。"哲学家周国平先生认为，现代人都忙于从外部世界求幸福，而忘了从自己身上找幸福，把生命本真的需要和物质欲望混为一谈。"要想获得幸福，有两件东西要牢牢抓住，就是单纯的生命和丰富的精神。"

自足，并非孤独。佛教讲自度，是通过修行超越孤立自我的一种方式，体会到我们本来就是完整的、自足的，也是与万物相连的。而度人，则是自我的外化，视他人为同胞手足，以大爱相联结。中国第一位捐出自己的大部分财产，成立现代家族慈善基金会的牛根生先生，曾经这样描述对自己人生的看法："前半生做生意，以度己来度人；后半生做公益，以度人来度己。"

自足的人不吝啬付出和给予。利他，是导向幸福的通路。利他绝不是单向的给予，而是双向的赋能。在汶川地震后，我和朋友们发起了"汶川孤残儿童救助专项基金"，在灾区建立了十个残疾儿童的救助和康复中心。在其中一个康复中心成立时，我身边站着一位八九岁的小女孩，跟我的女儿差不多大。她的一只衣袖空荡荡的，那只胳膊在地震中被砸断了。我问她手术后疼不疼，她仰起红扑扑的小脸，有点神秘地告诉我："手术前才疼呢。""为什么？""我还在长身体，断掉的骨头也在长啊，所以过一阵子，就会扎痛愈合的伤口。"我的心一紧，以前还真没有意识到这一点！看着小女孩一脸"可是我不哭"的倔强和骄傲，我的泪水流了下来。十几年过去了，她应该也二十出头了。我想告诉她，她的勇敢一直鼓励着我，她给予我的，比我给她的多得多。

有信仰的人会不会更幸福？当今世界上大多数人信仰宗教，这不是偶然的。无论你信仰基督教、佛教、伊斯兰教，还是像爱因斯坦那样相信斯宾诺莎的上帝——自然的法则，宗教能够给人三方面的影响：赋予人生意义和目标感，给予社会关系上的相互支持和归属感，以及鼓励健康平衡的生活方式。精神层面的体验能带给人持久的积极情感，崇高的价值观让人更多地产生感恩的想法，并渴望提升自我。大多数宗教教导人们过有道德、守伦理的生活，虽然道德和伦理随时代的不同而改变；大多数宗教教导仁慈和谅解，原谅那些冒犯我们的人，就像我们希望得到神的原谅；大多数宗教还鼓励人们对他人施加善意和帮助……人可以超越肉体的快感和世俗的功利，追求心灵的升华和净化，继而达到安详澄明的自由境界。

今天的我们即使没有明确的宗教信仰或加入宗教组织，即使不放弃世俗生活，也可以有自己的信念和价值观。比如，大多数中国人崇尚儒家的价值观，这就是一整套基于世俗伦理的价值系统，一种秩序。你所相信的东西就是你的精神城堡，此心安处是吾乡。

幸福离不开价值观。古希腊思想家亚里士多德认为幸福即至善，是人类功能最好、最彻底的实现，是人类理性行为能力最大化、最持续的运用。也就是说，幸福是合乎道德的心灵活动。19 世纪，约翰·斯图尔特·穆勒（John Stuart Mill）写道，"旨在促进幸福的行为就是正当的，反之，会产生不幸福的行为就是错误的。"他认为我们不仅出于本能追求幸福，我们也应该从道德的层面去追求幸福。与他针锋相对的是康德，他认为，善的意志之所以是善，不是因为它的功能或成就，也不是因为它被用来达到某些特定的目的，它本身就是善。所以道德价值不取决于目标的实现，比如，你是否觉得快乐，仅仅取决于意志的主观选择。不管他们如何在目标和动机上各执一词，两人都殊途同归，推论出利他性在道德感与幸福感上的重要性。穆勒认为追求幸福最终一定是追求最大多数人的最大幸福的总和，因此，"爱人如己"就是他的功利主义道德观的最高理想。这在心理学上被称为"利他主义的喜悦"，为自己关心的人身上发生的美好的事而感到开心，这种幸福感往往是持久和强烈的。"赠人玫瑰，手留余香。"

在这个无情的，甚至荒谬的世界上，我们能相信些什么，依靠些什么呢？王阳明相信每个人心中的善念，要"致良知"。他相信无论多么卑微，每个人心中都有良知。良知，就是对道德感的认知和自我约束的能力。它不在远方，不在他处，就在每个人的心里。所以"圣人之道，吾性自足""此心光明，亦复何言"。

人类对于情绪健康的研究从未停下脚步。英国心理学家约翰·哈里（Johann Hari）小时候得过抑郁症，他像侦探福尔摩斯那样去探究抑郁症究竟是什么原因造成的，深入到现代社会的各种生活场景中，找到了九个原因：一、和有意义的工作失联；二、和他人失联；三、和有意义的价值观失联；四、与童年创伤失联；五、和尊重失联；六、和自然界失联；七、和有希望或有保障的未来失联；八、基因的影响；九、大脑组织的变化。

"失联"是其中的关键词。我们一直试图为自己的生命找到各种联结和支撑，借由联结来对抗孤独和对死亡的恐惧。建筑师隈研吾曾在一篇文章中引用美国心理学家詹姆斯·杰罗姆·吉布森（James Jerome Gibson）的研究成果，认为生物通过存在于环境中的"粒子"来感知自身与其他事物之间，以及事物与事物之间的距离。如果一个生命闯入没有"粒子"的白色环境中，那么他将无法建立与环境之间的关系，从而死亡。

有时我们逃离某个环境，断开一些联结，是为了找寻另一种联结。170多年前，梭罗来到瓦尔登湖边隐居两年，自食其力。他读书耕种，思考写作，与日月星辰相伴，与天地精神往来，拥有极简的生活和丰盈的灵魂。他认为，人们每一天努力忙碌，用力生活，却在不知不觉间遗失了什么。面对不断膨胀的物欲，我们需要的是一颗能静下来的心。

我的好朋友音乐人龚琳娜把家从北京搬到云南大理。每天清晨，她走到洱海边，在尚未散去的薄雾中，模仿着鸟雀鸣唱的声音练声，鸟儿们也不时回应她，让她乐不可支。我说你这是与自然的能量场链接了，每一次呼吸、歌唱、相互凝视，都是爱。她表示完全同意，形容这时的心境特别放松，气息也特别通畅，感觉特别幸福。

身处商业社会，物质主义倾向是我们现实生活中不能回避的问题。但是如果把占有和金钱放在生活的核心地位，相信金钱可以带来幸福，以收入和物质状况来评判别人的成功，追求外在的而不是内在的目标，那么这样的幸福是不会长久的。心理学家早就发现，收入的增长与幸福感之间的关系并不总是正相关的。在生活达到小康以后，金钱带来幸福感的边际效用不再上升，甚至可能因为工作压力增大而下降。

我们能不能拥有终身幸福感呢？爱利克·埃里克森（Erik H. Erikson）在1968年提出终身幸福的假设，并画出思维导图。他认为，童年时的自我认知与人际联结，在青春期时成为探索人生方向和规划未来的能力，在成年时形成对"个人—世界"的综合认知与评估能力。抑郁症的三大原因分别是生理的、心理的和社会的。除了专业人士能够给予生理上的必要帮助，我们自己可以做的，就是重新建立与过往、与他人、与意义和与未来的联系，并且不断加强那些积极的联系。

我们的心灵有自我救赎的力量吗？曾在一篇文章里看到这样一句话："任何一个你不喜欢又离不开的地方，任何一种你不喜欢又摆脱不了的生活，就是监狱。如果你感到痛苦和不自由，希望你心里永远有一团不会熄灭的火焰，不要麻木，不要被同化。"

维克多·弗兰克尔（Viktor E. Frankl）是20世纪著名的精神病学家。作为犹太人，"二战"期间他被关进纳粹集中营。他的父母、妻子和兄弟都被杀害了，他自己也饱受凌辱，受尽酷刑，过着朝不保夕的生活。有一天，他独自一人赤身裸体地待在狭小的囚室里，忽然有了一种全新的感受，觉得自己获得了"终极的自由"。虽然纳粹能控制他的生存环境，摧残他的肉体，但他的自我意识是独立的，能超脱肉体的束缚。他可以决定外界刺激对自己的影响程度，即使无法改变外部环境，他也有能力选择自己的应对方式。

弗兰克尔开始想象自己获释后站在讲台上给学生授课的场景，他会告诉学生们，如何用心灵的眼睛看待以往的经历。通过这样的方式，弗兰克尔不断修炼心灵、头脑和道德的自律能力，获得了强大的内心力量，这种力量还感化了其他囚犯甚至狱卒，帮助更多人在极端的苦难中找到了生命的意义和尊严。他实现了精神的升华。

正如陀思妥耶夫斯基所说："我只担心一件事，就是怕我配不上所受的苦难。"

泰勒·本-沙哈尔在其所著《幸福的方法》（*Happier: Learn the Secrets to Daily Joy and Lasting Fulfillment*）一书中引维克多·弗兰克尔的话说："人类最大的动力，来自对生命意义的追求……人类需要的不是一个没有挑战的世界，而是一个值得奋斗的目标。我们需要的不是免除麻烦，而是能够发挥出我们真正的潜力。"

我们常常固执地认为，只有得到了某件东西、某个人或达到了某个目标，我们才能开始幸福，而且会永远幸福下去。其实我们每时每刻都可以幸福！幸福不是没有痛苦，而是接纳痛苦并与之相处。幸福不是一劳永逸的，而是不断变化的。我们对幸福的定义非常多元，痛苦有时就是幸福的一部分。哲学家穆勒把自己的信念总结为一句掷地有声的话："我宁可做一个不满足的人，也不做满足的猪；宁可做不满足的苏格拉底，也好过做个满足的傻子。"诺贝尔文学奖获得者加缪在获奖感言中说："不论我们有多少弱点，我们作品的价值永远根植于两项艰巨的誓言：对于我们明知之事绝不说谎，和努力反抗压迫。"他认为，生活中重要的不是治愈，而是带着病痛活下去，有尊严地活下去。

如尼采所说："今日世界上任何有价值的东西，都不是因其本性而有价值的——本性是没有价值的——而是被给予和赠予价值的，我们就是这给予者和赠予者！"我们就是自己人生的讲述者和评论者。

法国插画家让-雅克·桑贝（Jean-Jacques Sempé）以清新自然、充满童趣的作品著称。他画的"小淘气尼古拉"，有无数啼笑皆非的故事和天真的奇思妙想。看到他的画，人们就忍不住嘴角上扬。然而桑贝自己的童年并不幸福，甚至是凄惨的。生活拮据，不停搬家，继父酗酒……在他的记忆里，"妈妈打了我一巴掌，扇得那么用劲，我的头撞到墙上，就像吃了两记耳光"。12 岁的他拿起画笔，表达自己的情感。卖出的第一幅画是一只可怜的小狗拖着一口接雨水的锅，无家可归。他说："创作是出于紧急自卫，当没有改变现实的处方，幽默可以作为无法忍受时的一种武器。"脆弱是人之常情，但你要看到人的内心，那里有瞬间的诗意。

诗意，就是我们对无奈现实的顽强抵抗。中国历史上第一位女教授陈衡哲在一百多年前以笼中小鸟的角度写下这样的诗句：

我若出了牢笼，

不管他天西地东，

也不管他恶雨狂风，

我定要飞他一个海阔天空！

直飞到筋疲力竭，水尽山穷，

我便请那狂风，

把我的羽毛肌骨，

一丝丝的都吹散在自由的空气中！

无独有偶，美国作家、诗人玛雅·安吉洛（Maya Angelou）也写过一首诗，叫《笼中鸟》（*Caged Bird*）：

囚禁在狭窄笼中只能踱步的鸟

难能看得远过令它愤怒的笼栅

笼鸟的羽翼被摧折

笼鸟的双脚被束缚

因此他放开喉咙要歌唱

笼中鸟唱着

带着可怕的颤音

唱着未知的事物

却渴望着平静

他的声调

在远方的山上也可以听到

因为笼中鸟歌唱着自由

　　两位女诗人，借笼中鸟之口唱出内心的渴望。当现实残酷、逼仄、冷酷，远方的天空给她们梦想，这不正是人类自由灵魂的力量吗？

　　世卫组织对健康的定义，强调人的精神完好和良好的社会适应。在精神健康的状态下，个体能够应对日常生活中正常的压力，能够卓有成效地工作，并对自己所在的社会有所贡献。具体来说，一个有幸福感的人，能接纳自我，对自己的工作有兴趣，能主动调节自己的情绪，也能积极适应环境并拥有良好的人际关系。在英文中，有三个词对应"幸福"：Happiness，快乐；Well-being，安宁；Flourishing，繁荣或丰盈。我更喜欢最后一个，它带来的是动感的、成长的、新生的喜悦。

2010 年，我邀请小柯为天下女人"幸福力"晚会谱写主题歌，他称之为"幸福花园"："那一天，我幻想有自己的玫瑰园，于是我种下它，在清晨的窗外面；在午后，我静静地坐在花中间，微笑着送给你，把你的房间装点……"那愉悦清新的旋律，充盈在每个人的心里。

幸福不仅是肉体的，也是精神的；不仅是感性的，也是理性的；不仅是外在的，也是内在的；不仅是目的，也是过程；不仅是结果，也是方法；不仅是利己的，也是利他的。归根到底，幸福，是我们的自由意志的一种选择。

我们选择用短暂的人生，用有缺陷的感知，用愚笨的头脑，用时好时坏的运气，去主动寻求与一些更持久的、更美好的、更智慧的东西联结，并愿意为此付出爱、汗水、泪水，甚至鲜血，这不就是幸福的意义吗？

写在后面

2009年，《天下女人》栏目第一次正式提出"幸福力"的概念——"发现、感知、创造、分享幸福的能力"，到现在已经有14年了；2018年，我有了把幸福力写作成书的想法，到现在也已经有5年了；2021年下半年，我终于正式开始了《幸福力》一书的构思和写作，却屡屡陷入困境，几度暂停。

到了新冠疫情的后期，和许多人一样，我常常感到苦闷和迷茫，几乎想放弃。在公司同事和果麦编辑的鼓励和鞭策下，我还是下定决心，要把这本书写出来。因为我再次确认，幸福≠没有痛苦，而是要找到与痛苦的共处之道；幸福≠永远平衡，而是在不平衡中找到新的平衡。正如爱因斯坦所言："生活就像是一辆自行车，如果想让它平衡，你只有不断地骑下去。"加缪也说过："我并不期待人生可以一直过得很顺利，但我希望碰到人生难关的时候，自己可以是它的对手。"

我无意于写出一本风花雪月的疗愈文集，也不希望它只是一碗带来短暂心理按摩的"鸡汤"。我选择分享的这些科学理论和方法，大多经过实证。它们遥遥呼应人类族群古老的智慧，为当下的我们带来启示。

中国的传统文化也让我受益良多。比如道家文化，帮助我们理解身与心、人与自然之间的关系；儒家的学说和仁爱的精神，有利于在家庭和社会层面架构更加和谐的人际关系；佛学的一些观念，对于我们向内观照，安静下来，放下不切实际的妄想，很有帮助；还有中华灿如星河的诗词歌赋、音乐绘画等艺术瑰宝，让我们在欣赏美的同时，穿越历史与未来，去与更大的存在相连接。"美是使人幸福的东西"，维特根斯坦所言非虚。

我要感谢许多人给予我的鼓励和指导。果麦文化的路金波先生在我陷入写作困境时，坚定地认为当下正需要幸福力的普及，推动我写下去。"杨澜读书"团队的小伙伴给予我有力支持，我们共同致力通过文字和阅读传递能量和美好：主编李若杨屡次与我头脑风暴，探讨写作大纲与话题设置，不断提出修改完善意见；主理人孔钰钦、策划人李合芝亦提供了很多帮助和建议。还要感谢我的助理陈丁可女士，帮助我完成文稿的整理工作。特别感谢果麦的编辑曹俊然、冯晨，设计师付禹霖和负责市场推广的阮班欢、闫冠宇、郭刘名、丁子秦，由衷地感谢她们的热情与才情、敬业与专业。与你们共事，我很幸福。谢谢！

参考书目

1. 丹尼尔·卡尼曼：《思考，快与慢》，胡晓姣、李爱民、何梦莹译，中信出版社，2012

2. 里克·汉森：《大脑幸福密码》，杨宁等译，机械工业出版社，2020

3. 舍温·B. 努兰：《生命之书》，林文斌、廖月娟、杜婷婷译，中信出版集团，2019

4. Steven F. Horze: *Hormones, Health and Happiness*, Advantage Media Group, 2013

5. 博多·舍费尔：《自我实现之路：3 个词改变你的职场和人生》，燕环译，人民文学出版社，2023

6. 李渔：《闲情偶寄》，杜书瀛译注，中华书局，2018

7. 威尔·鲍温：《不抱怨的世界》，陈敬旻、李磊译，湖南文艺出版社，2018

8. 许倬云：《中国文化的精神》，九州出版社，2018

9. 詹姆斯·苏兹曼：《工作的意义：从史前到未来的人类变革》，蒋宗强译，中信出版集团，2021

10. 大卫·格雷伯：《毫无意义的工作》，吕宇珺译，中信出版集团，2022

11. 阿比吉特·班纳吉、埃斯特·迪弗洛：《贫穷的本质：我们为什么摆脱不了贫穷》（修订版），景芳译，中信出版集团，2023

12. 埃德蒙·费尔普斯：《大繁荣：大众创新如何带来国家繁荣》，余江译，中信出版集团，2018

13. 肖恩·扬：《如何想到又做到：带来持久改变的 7 种武器》，闾佳译，浙江教育出版社，2018

14. 詹姆斯·克利尔：《掌控习惯》，迩东晨译，北京联合出版公司，2019

15. 史蒂芬·柯维：《高效能人士的七个习惯》，高新勇、王亦兵、葛雪蕾译，中国青年出版社，2020

16. 莉·沃特斯：《优势教养：发现、培养孩子优势的实用教养方法》，闫丛丛译，中信出版集团，2018

17. 爱德华·L.德西、理查德·弗拉斯特：《内在动机：自主掌控人生的力量》，王正林译，机械工业出版社，2020

18. 詹姆斯·卡斯：《有限与无限的游戏：一个哲学家眼中的竞技世界》，马小悟、余倩译，电子工业出版社，2019

19. 大前研一：《低欲望社会：人口老龄化的经济危机与破解之道》，郭超敏译，机械工业出版社，2018

20. 菲利普·津巴多：《雄性衰落》，徐卓译，北京联合出版公

司，2016

21. 亚历克斯·索勇－金·庞：《不分心》，马雪云译，中信出版集团，2019

22. 居斯塔夫·勒庞：《乌合之众》，胡小跃译，浙江文艺出版社，2015

23. 赫克托·麦克唐纳：《后真相时代》，刘清山译，民主与建设出版社，2019

24. 尤瓦尔·赫拉利：《人类简史：从动物到上帝》，林俊宏译，中信出版集团，2017

25. 安德烈娅·欧文：《如何停止不开心：负面情绪整理手册》，曹聪译，贵州人民出版社，2020

26. 罗伯特·赖特：《洞见》，宋伟译，北京联合出版有限公司，2020

27. 费伊·邦德·艾伯蒂：《孤独传：一种现代情感的历史》，张畅译，译林出版社，2021

28. 罗宾·邓巴：《梳毛、八卦及语言的进化》，区沛仪、张杰译，电子工业出版社，2022

29. 弗朗西斯·福山：《身份政治：对尊严与认同的渴求》，刘芳译，中译出版社，2021

30. 丽贝卡·特雷斯特：《我的孤单，我的自我：单身女性的时代》，贺梦菲、薛轲译，广西师范大学出版社，2018

31. 上野千鹤子、铃木凉美：《始于极限：女性主义往复书简》，曹逸冰译，新星出版社，2022

32. 杨绛：《我们仨》，生活·读书·新知三联书店，2018

33. 沈奕斐：《什么样的爱值得勇敢一次》，江苏凤凰文艺出版社，2022

34. 路斯·哈里斯：《爱的陷阱：如何让亲密关系重获新生》，韩冰、王静、祝卓宏译，机械工业出版社，2020

35. 洛根·尤里：《如何避免孤独终老》，李小霞译，中信出版集团，2021

36. 戈登·诺伊费尔德、加博尔·马泰：《每个孩子都需要被看见》，崔燕飞译，北京联合出版公司，2019

37. 德沃拉·海特纳：《孩子，别玩手机了：触屏时代的七个教育关键》，赵亚男译，中信出版集团，2019

38. 布鲁斯·费希尔、罗伯特·艾伯蒂：《分手后，成为更好的自己》，熊亭玉译，四川人民出版社，2018

39. 丹尼尔·吉尔伯特：《哈佛幸福课》，张岩、时宏译，中信出版集团，2018

40. 布赖恩·黑尔、瓦妮莎·伍兹：《友者生存：与人为善的进化力量》，喻柏雅译，机械工业出版社，2022

41. 普里莫·莱维：《这是不是个人》，沈萼梅译，人民文学出版社，2016

42. 埃里希·玛丽亚·雷马克：《西线无战事》，姜乙译，太白文艺出版社，2023

43. 许倬云：《往里走，安顿自己》，冯俊文执笔，北京日报出版社，2022

44. 伍迪·艾伦：《毫无意义》，btr 译，新星出版社，2023

45. 让 - 保罗·萨特：《存在与虚无》，陈宣良等译，生活·读

书·新知三联书店，2014

46. 泰勒·本-沙哈尔：《幸福的方法》，汪冰、刘骏杰、倪子君译，中信出版集团，2022

［全书完］

幸福力

作者 _ 杨澜

产品经理 _ 冯晨　　装帧设计 _ 付禹霖

技术编辑 _ 丁占旭　　特约印制 _ 刘淼　　策划人 _ 曹俊然

营销团队 _ 闫冠宇 郭刘名 丁子秦　　物料设计 _ 孙莹

鸣谢 (排名不分先后)

李若杨 孔钰钦 李合芝 陈丁可

果麦
www.guomai.cn

以　微　小　的　力　量　推　动　文　明

图书在版编目（CIP）数据

幸福力 / 杨澜著. -- 杭州 : 浙江文艺出版社，
2023.9（2025.4 重印）

ISBN 978-7-5339-7346-9

Ⅰ.①幸… Ⅱ.①杨… Ⅲ.①随笔 – 作品集 – 中国 –
当代 Ⅳ.①I267.1

中国国家版本馆CIP数据核字(2023)第149868号

幸福力

杨澜 著

责任编辑 金荣良
装帧设计 付禹霖

出版发行 浙江文艺出版社
地　　址　杭州市环城北路177号　邮编 310003
经　　销　浙江省新华书店集团有限公司
　　　　　果麦文化传媒股份有限公司
印　　刷　北京盛通印刷股份有限公司
开　　本　880毫米×1230毫米　1/32
字　　数　141千字
印　　张　7.75
印　　数　78,001— 81,000
版　　次　2023年9月第1版
印　　次　2025年4月第8次印刷
书　　号　ISBN 978-7-5339-7346-9
定　　价　49.80元